Un diamant pour son assistante

CLARE CONNELLY

Un diamant pour son assistante

Traduction française de
ÉLISABETH MARZIN

AZUR

HARLEQUIN

Collection : Azur

Titre original :
BRIDE BEHIND THE BILLION-DOLLAR VEIL

HARPERCOLLINS FRANCE
83-85, boulevard Vincent-Auriol, 75646 PARIS CEDEX 13
Service Lectrices — Tél. : 01 45 82 47 47

www.harlequin.fr

ISBN 978-2-2804-4057-8 — ISSN 0993-4448

Prologue

Douze ans plus tôt

— Nous la récupérerons, Thanos.

Les doigts crispés sur son stylo, Thanos leva brièvement la tête vers Leonidas avant de reporter son attention sur l'emplacement de la signature, sur la dernière page du contrat. Le contrat de vente de Peto. La société fondée par Nicholas Stathakis, leur grand-père, sur les genoux duquel il avait appris le b.a.-ba des affaires. La société au sein de laquelle il avait fait ses premières armes. La société qui était tout pour lui.

Aveuglé par une bouffée de rage et d'incrédulité, il laissa tomber le stylo sur la table, se leva et traversa la salle de réunion. Son demi-frère le suivait des yeux, il le sentait. Leonidas était aussi scandalisé que lui, bien sûr. Mais il était plus habile à contenir sa fureur. Il réussissait à garder un calme apparent pendant que leur univers s'effondrait autour d'eux. Alors que, pour sa part, il mourait d'envie de mettre le feu à l'immeuble. Il s'appuya des deux mains à la baie vitrée et contempla le centre d'Athènes. Tout cela était à eux autrefois.

Tout cela avait été détruit par leur père.

— Nous la récupérerons, Thanos, répéta Leo d'un ton pressant. Mais pour l'instant il faut la vendre.

Thanos réprima une nausée. Vendre le plus beau fleuron de l'empire de leur grand-père ? Parce que leur père s'était compromis avec la Mafia ? Si seulement il y avait un autre moyen… Si seulement il savait comment éviter ce désastre…

Tout à coup il avait de nouveau huit ans et il regardait sa mère s'en aller. Il avait huit ans et il se savait au centre d'une querelle familiale. Il avait huit ans et il était responsable de tout ce qui ne marchait pas dans le monde. À la différence près qu'aujourd'hui la situation était encore plus grave.

Nicholas lui avait confié Peto et il avait été imprudent. Il avait fait confiance à Dion Stathakis – leur père à Leo et à lui – sans voir ce qui se tramait sous son nez. Il avait commis la plus grave erreur de sa vie. Comment la réparer, à présent ?

— Je ne supporte pas l'idée que quelqu'un d'autre puisse diriger la société de grand-père, dit-il d'une voix brisée par l'émotion.

— Et moi, tu crois que je la supporte ?

Il se tourna vers son demi-frère, dont le regard reflétait une détresse identique à la sienne.

— Mais c'est la meilleure solution que nous pouvions espérer, poursuivit Leonidas. Kosta Carinedes tient à Peto. Son projet de l'incorporer à son propre empire logistique afin de changer son image est solide. Peto sera sauvée et continuera de prospérer.

L'estomac de Thanos se noua.

— Sans nous.

— En effet.

— Je ne peux pas accepter ça, Leo. Jure-moi que nous réparerons cette injustice – et tous les autres dégâts causés par notre père – même si nous devons y consacrer le reste de notre vie.

— Je te le jure. Mais pour l'instant tu dois signer ce contrat.

Avec résignation, Thanos revint vers la table. Il regarda le document comme si c'était un nœud de vipères, puis il reprit le stylo. Il griffonna sa signature en jurant intérieurement. Ce n'était pas la fin. Loin de là.

La place de Peto était au sein du groupe Stathakis. Nulle part ailleurs.

1.

Il fallut dix bonnes secondes à Alice pour se rappeler qui elle était et ce qu'elle était en train de faire. Pendant un instant, l'apparition d'un homme avait suffi à tout effacer de son esprit. Son travail, ses responsabilités, le tas de factures médicales qui attendaient dans son sac à main, la carte de crédit dont le plafond était presque atteint. Le fait que ce contrat temporaire prendrait fin dans quinze jours, ce qui signifiait qu'elle devrait trouver un autre emploi. L'état de sa mère qui empirait de jour en jour et la nécessité de trouver une solution appropriée pour sa prise en charge. Chaque seconde de chaque journée, ces problèmes la hantaient mais, au son des portes de l'ascenseur s'ouvrant sur le dernier étage de cette colonne majestueuse de verre et d'acier qu'était la Tour Stathakis, son esprit s'était vidé instantanément.

Le cœur battant, elle l'avait suivi du regard tandis qu'il approchait de son bureau.

Thanos Stathakis était ici. À son bureau. À Manhattan.

Il y avait cinq mois qu'elle travaillait pour lui mais elle ne l'avait jamais vu autrement qu'en photo. Sur Internet, où d'innombrables clichés le montraient invariablement en maillot de bain, entouré d'un essaim de top-modèles et d'actrices, en train de faire la fête et de vivre le genre de vie qu'elle avait un mal fou à imaginer.

Le genre de vie que son propre père avait adorée… Même cette pensée ne parvenait pas à la dégriser. Elle était comme hypnotisée.

Thanos Stathakis n'était pas juste un homme.

C'était une légende.

Son sens des affaires était réputé dans le monde entier. Avec son frère, il avait redressé une entreprise en ruines, la transformant de nouveau en empire prospère, tel un phénix renaissant des cendres du scandale et de la faillite. Mais il n'y avait pas que ça. Thanos Stathakis était différent de tous les gens qu'elle avait pu croiser. Quand on le voyait en chair et en os, on comprenait pourquoi il fascinait les médias du monde entier.

Il était bâti comme un athlète et mesurait largement plus d'un mètre quatre-vingt-dix, mais ce qui frappait avant tout c'était son magnétisme et l'assurance de sa démarche. En costume marine et chemise blanche, il semblait encore plus hâlé que sur les photos en maillot de bain, et d'épais cils noirs mettaient en valeur ses yeux mordorés. Ses cheveux noirs un peu ébouriffés donnaient l'impression qu'il était passé directement d'un hors-bord sur la Côte d'Azur à cette tour de Manhattan.

Elle continua de le fixer parce que c'était plus fort qu'elle, et quand son regard croisa le sien elle ne détourna pas les yeux. Il esquissa un sourire qui pouvait passer pour une moue de dérision, puis il s'immobilisa juste devant son bureau.

— Vous êtes l'intérimaire ?

Elle fut brutalement ramenée à la réalité. Pour lui, elle était juste l'intérimaire. Qui accessoirement gérait son planning depuis cinq mois, en l'absence de son assistante habituelle…

— Alice, oui.

— Alice.

Elle eut la certitude qu'il ne mettrait pas plus de quelques secondes à oublier son prénom. Mais à sa grande surprise, il continua de la regarder. D'un air étrange qui fit battre son cœur plus vite. Elle s'efforça de se raisonner. Cet homme sublime avait l'habitude de fréquenter des top-modèles. Il n'y avait rien dans son visage banal qui soit susceptible de le fasciner. Non. Il devait avoir une autre raison de la regarder comme s'il l'avait déjà vue. Tout à coup il cilla, comme s'il reprenait ses esprits.

— Imprimez le dossier sur P & A Industries. J'ai une réunion dans dix minutes.

Sur ces mots, il se dirigea vers le bureau situé à sa gauche. Une pièce dans laquelle elle n'était entrée que deux ou trois fois depuis le début de sa mission. C'était son bureau, et il n'était pas venu à New York depuis qu'elle avait commencé à travailler chez Stathakis Corporation. Ce fut le détail qui acheva de la ramener à la réalité.

Des années plus tôt, elle avait été subjuguée par un autre homme séduisant, mais elle n'en avait gardé que des regrets. Elle avait été dupe du numéro de charme de Clinton et elle avait retenu la leçon. Plus jamais elle ne tomberait dans ce genre de piège. Or Thanos Stathakis était d'une autre classe que Clinton. Encore plus irrésistible et plus dangereux. Il fallait arrêter immédiatement de le couver d'un regard ébloui.

Elle se leva et le suivit.

— Une réunion, monsieur ?

La pièce était immense et le décor de style scandinave, comme dans l'ensemble de l'immeuble. Meubles en bois clair, murs blanc cassé, moquette crème, appliques et lampes design. Une œuvre d'un peintre renommé qui devait valoir une fortune était accrochée derrière le bureau, sur lequel était posé un ordinateur à la pointe de la technologie. De l'autre côté de la pièce, devant une baie vitrée offrant une vue spectaculaire sur Manhattan, il y avait une table ovale assez grande pour accueillir vingt-deux personnes.

— Hum…, murmura-t-il en enlevant sa veste et en la posant négligemment sur le dossier de son fauteuil.

Alice ne put s'empêcher de promener un nouveau regard ébloui sur ses épaules et ses bras musclés. Elle ne devrait pas… Elle ne devrait pas, mais pour la première fois de sa vie elle était privée de son self-control habituel.

— Vous savez bien, poursuivit-il avec un sourire

malicieux. Cette coutume étrange qui consiste pour plusieurs personnes à se retrouver à une heure convenue pour discuter de sujets déterminés à l'avance ?

Heureusement qu'elle n'avait pas tendance à rougir, songea-t-elle aussitôt. Elle était si troublée par le fait qu'il la taquine qu'en principe elle devrait être écarlate…

— Je sais ce qu'est une réunion. Je voulais juste dire qu'elle ne figure pas dans votre planning.

Une lueur étrange s'alluma furtivement dans les yeux de Thanos Stathakis, puis il hocha la tête.

— Elle a été décidée ce matin. Il se trouve que Kosta Carinedes est à New York. J'ai pensé que c'était l'occasion de… le voir.

— Très bien. Combien de personnes assisteront à la réunion ? demanda-t-elle, de nouveau concentrée sur son rôle d'assistante.

Il n'y avait pas de temps à perdre pour imprimer le nombre nécessaire de copies des documents et prévenir la cuisine.

— Juste lui et moi. Et vous. Au cas où j'aurais besoin de quelque chose en cours d'entrevue.

— Je vais demander à la cuisine de préparer une collation et…

— C'est inutile. Juste du café. Noir et bien serré.

Elle hocha la tête, se remémorant les instructions écrites qui lui avaient été laissées concernant les goûts de Thanos en matière de café.

— Très bien.

— Vous allez imprimer le dossier ?

— Oui, monsieur.

Elle était sur le point d'ouvrir la porte quand la voix de Thanos Stathakis l'arrêta.

— Alice ?

Elle se retourna.

— Je n'aime pas qu'on m'appelle « monsieur ».

— Je suis désolée, mons…

— Thanos.

— Thanos.

Quel prénom agréable à prononcer… Elle le répéta dans son esprit en imprimant les documents, puis en préparant une grande cafetière de café grec. Lorsqu'elle entra dans son bureau pour apporter le tout, il était au téléphone. Elle disposa les documents sur la table en s'efforçant d'ignorer les frissons qui couraient dans son dos. L'alliance de sa voix profonde et de la langue grecque était irrésistible.

Elle quitta la pièce sans remarquer qu'il la suivait du regard. Quand elle revint quelques instants plus tard, munie de son ordinateur portable et d'une bouteille d'eau, il avait terminé sa conversation.

— Mon frère s'imagine parfois que je suis incapable de lacer mes chaussures sans lui, déclara-t-il d'un ton amusé tandis qu'elle déposait ses affaires sur la table ovale.

Il se leva, s'étira, puis étouffa un bâillement. Cet homme respirait l'assurance et la détermination, constata-t-elle de nouveau. Quelle chance il avait ! Pour sa part elle avait dû prendre sur elle pendant des années pour parvenir à offrir un visage imperturbable, comme si elle avait surmonté les blessures du passé. Mais la plupart du temps elle était considérée comme froide et distante, alors que son impassibilité n'était qu'une façade destinée à protéger un cœur trop vulnérable.

Il semblait peu probable que Thanos ait jamais douté de lui-même… Oui, c'était avant tout son assurance qui le rendait aussi fascinant. Même si sa beauté saisissante ne gâchait rien, bien sûr… Mais au lieu de rester une fois de plus bouche bée devant lui, elle ferait mieux de retourner dans son bureau en attendant l'arrivée de Kosta Carinedes.

— Y a-t-il des informations que je devrais connaître avant cette réunion ? s'entendit-elle demander sans faire un pas vers la sortie.

— Non. C'est une affaire très simple. Il possède quelque chose que je veux. J'ai l'intention de le lui racheter aujourd'hui. La réunion ne devrait pas durer longtemps.

— Très bien.

Après avoir vérifié que tout était en ordre, elle quitta la pièce en évitant soigneusement de le regarder. Moins de cinq minutes plus tard, les portes de l'ascenseur s'ouvrirent et un homme sortit de la cabine. Plus âgé qu'elle ne s'y attendait, les cheveux grisonnants, le visage ridé et un sourire bienveillant aux lèvres. Légèrement voûté, il portait un costume qui semblait avoir été fait sur mesure et de luxueuses chaussures en cuir.

— Stathakis ? demanda-t-il en s'approchant de son bureau.

Elle se leva et l'invita à la suivre.

— Par ici, monsieur.

Elle frappa deux fois à la porte du bureau de Thanos, puis elle l'ouvrit et s'effaça pour laisser passer le visiteur. Elle vit Thanos se raidir furtivement avant de retrouver toute son assurance. Kosta le salua en grec et il répondit dans cette langue avant de passer à l'anglais, en précisant :

— Alice, mon assistante, ne parle pas grec.

Kosta jeta un coup d'œil par-dessus son épaule puis il haussa les épaules.

— Peut-être pourriez-vous m'expliquer pourquoi j'ai été convoqué ici ?

Question révélatrice, songea Alice. Thanos Stathakis avait le pouvoir de convoquer qui il voulait dans son bureau.

— Vous ne le savez pas ?

Kosta haussa de nouveau les épaules.

— Je suppose que ça concerne P & A ?

— Oui, confirma Thanos en indiquant la table. Asseyez-vous, je vous en prie.

Après un instant d'hésitation, Kosta prit un siège.

— Vous avez reçu ma proposition ? demanda Thanos en s'asseyant en bout de table.

Tout en l'observant du coin de l'œil, Alice s'installa à l'autre bout de la table et ouvrit son ordinateur portable pour prendre des notes.

— Mon avocat m'en a parlé, répliqua Kosta en haussant une fois de plus les épaules.

— Et ?
— Mon silence n'était-il pas une réponse suffisante ?
Thanos resta impassible.
— Le silence peut avoir beaucoup de significations.
Kosta pinça les lèvres.
— En l'occurrence, non.
— Vous souhaitez vendre.
C'était une question mais Thanos la formula plutôt comme une affirmation.
— À un acquéreur approprié, oui.
— Vous êtes conscient que votre entreprise comprend une part de la mienne ?
— Je vous ai acheté Peto, à vous et à votre frère, il y a des années. Tous les droits que vous pouviez avoir sur cette société sont devenus les miens à partir de ce jour.
De sa place, Alice voyait tout ce qui se passait. La force avec laquelle Thanos crispait le poing sous la table ne lui échappa pas.
— Cependant, vous devez vous débarrasser de votre entreprise, déclara-t-il d'un ton neutre.
— Pourquoi le devrais-je ?
— Parce que vous n'êtes pas marié, que vous n'avez pas d'enfants ni de petits-enfants et que P & A est une entreprise familiale. Vous ne souhaitez pas ouvrir son capital mais vous n'avez pas non plus envie qu'elle soit démantelée et vendue après votre mort.
Alice regarda le vieil homme avec compassion. Il devait être très désagréable d'entendre sa propre mort évoquée par quelqu'un de manière aussi cavalière !
— Le sort de mon entreprise ne vous regarde pas.
Thanos soutint le regard de Kosta Carinedes en silence pendant un long moment, avant de déclarer :
— Vos bénéfices sont en baisse depuis deux ans.
— Le contexte économique n'est pas brillant.
— Non, en effet. Vous êtes en train de perdre des parts de marché et vous ne savez pas comment les récupérer.
Les yeux du vieil homme étincelèrent.

— Vous croyez vraiment que je suis venu ici pour qu'on me fasse la leçon ?

Thanos ne présenta pas d'excuses.

— Je ne vous apprends rien que vous ne sachiez déjà. Si vous n'agissez pas maintenant, votre entreprise autrefois florissante va continuer à péricliter. Des milliers de gens vont perdre leur emploi. Tout ça parce que vous êtes trop buté pour admettre ce que vous devez faire.

— C'est *mon* entreprise. *Mon* problème.

Thanos se redressa sur son siège, le regard dur.

— J'ai accepté de vous vendre Peto, certes, mais pendant toutes ces années je n'ai pas cessé de la considérer comme ma société. Vous l'avez intégrée à votre entreprise, ce qui implique que le sort de celle-ci m'importe également. Vendez-moi P & A et votre héritage sera sauvé.

Kosta émit un petit rire incrédule.

— Vous croyez que je vais vous confier mon entreprise ?

— Pourquoi pas ?

— Parce que vous êtes le fils de votre père, et que je refuse que mon héritage familial soit traîné dans la boue.

Alice laissa échapper un petit cri étouffé, surprise d'être aussi offensée par cette accusation. Thanos lui lança un coup d'œil et elle fut submergée par une immense compassion.

— Je sais que vous n'êtes pas comme lui, reprit aussitôt Kosta, visiblement contrit. Vous êtes différent. Mais le potentiel de scandale reste le même. Je ne peux pas ouvrir le journal sans y voir une photo de vous. Vous buvez trop, vous faites trop la fête et vous couchez avec toutes les femmes que vous croisez. Votre réputation de prince des play-boys d'Europe reste en deçà de la réalité de votre style de vie.

— Qu'est-ce que mon style de vie vient faire ici ? Vous pensez qu'il affecte ma capacité à diriger votre entreprise ?

— Je pense au contraire que vous êtes la personne la plus à même de le faire. Vous avez un sens des affaires que j'ai toujours admiré. Même quand vous étiez encore un gamin et que vous suiviez les traces de votre grand-père en le regardant comme s'il était un dieu vivant, vous étiez plus doué que lui et moi réunis.

Alice retint son souffle. Ce compliment allait-il toucher Thanos ? Allait-il apaiser sa colère ?

— J'ai eu le meilleur maître qui soit, reconnut-il après un silence.

— Oui. Nicholas était un des hommes les plus remarquables que j'ai connus.

Kosta se pencha en avant, les coudes sur la table.

— J'ai toujours éprouvé du respect et de la sympathie pour lui. Ce que votre père a fait…

Thanos crispa la mâchoire.

— Ce n'est pas pertinent. J'ai tourné la page depuis longtemps.

— Vraiment ?

Kosta ne masqua pas son incrédulité, mais il n'insista pas. Il but une gorgée de café avant de poursuivre.

— Votre grand-père et moi, nous étions d'une autre génération. Les choses étaient différentes. Comme nos parents, nous accordions une grande valeur à la famille. Nous avions le sens de l'honneur. Une poignée de main nous engageait autant qu'un contrat.

Kosta secoua la tête d'un air nostalgique.

— Aujourd'hui le monde a changé. Peut-être que je suis une relique et que je n'y ai plus ma place. Mais si vous croyez que je vais laisser mon entreprise tomber dans les mains d'un individu qui considère le fait de courir les femmes comme un sport, vous vous trompez lourdement.

Les deux hommes s'affrontèrent du regard et Alice eut l'impression que sa présence était indiscrète.

— Personne ne travaillera avec plus d'acharnement que moi pour P & A, finit par promettre Thanos.

— C'est possible. Mais je ne vous la vendrai pas.

Alice ferma les yeux. Jamais elle n'aurait cru qu'elle pourrait se sentir aussi concernée par l'issue de cette réunion.

— Je n'ai pas l'intention de m'avouer vaincu.

— Vous ne vous avouez jamais vaincu. C'est en partie

pour cette raison que vous avez si bien réussi à réparer les dégâts causés par votre père. Mais ça ne change rien à ma réponse. Je ne vendrai pas P & A à un homme comme vous, Thanos Stathakis. Même pas pour le double de ce que vous m'offrez. Pas tant que vous ne serez pas devenu adulte.

Alice feuilleta la liasse de factures posées devant elle, à côté d'un sandwich entamé. Le plafond de sa carte de crédit était presque atteint et il était loin de lui rester assez d'argent pour payer la dernière hospitalisation de sa mère. Son cœur se serra au souvenir du chariot-lit que les infirmiers poussaient en courant dans les couloirs, et de sa panique à l'idée que la fin était proche.

Mais Jane Smart avait déjoué tous les pronostics et elle avait survécu. Elle était dans le coma, mais elle était toujours là. Alice parcourut une autre facture et son estomac se noua. C'était trop pour elle. Comment allait-elle réussir à payer tout ça ? Elle était tellement absorbée dans ses pensées qu'elle n'entendit pas la porte de Thanos s'ouvrir. Elle ne l'entendit pas non plus s'approcher et ne prit conscience de sa présence que lorsqu'il fut pratiquement contre son bureau.

Embarrassée, elle posa la main sur la liasse.

— Vous avez besoin de quelque chose, monsieur ?

Il ne la reprit pas sur l'utilisation de ce titre au lieu de son prénom. Il semblait ruminer.

— Qu'avez-vous pensé de Kosta Carinedes ?

Surprise par cette question, elle en oublia momentanément ses factures et son déjeuner.

— De quel point de vue ?

— De tous les points de vue. Vous a-t-il paru sérieux quand il a évoqué les raisons pour lesquelles il ne voulait pas me vendre son entreprise ?

— Je ne vois pas pourquoi il mentirait, répliqua-t-elle après avoir réfléchi.

— Non, moi non plus. Après tout, le prix que je lui ai proposé est supérieur à celui du marché. Il est idiot de laisser passer une telle occasion.

— Peut-être n'a-t-il pas réellement envie de vendre ?

— Il sait qu'il le faut.

Thanos secoua la tête et passa la main dans ses cheveux.

— Il est juste buté.

Alice hocha la tête d'un air pensif. Après tout, le vieil homme n'avait pas tort. Thanos avait une réputation de don Juan. Il était rare qu'on le voie sans une femme à son bras et ce n'était jamais la même. Par ailleurs, il faisait la fête sans arrêt. Mais quelle importance ? En affaires, tout ce qu'il touchait se transformait en or. N'était-ce pas le plus important quand il s'agissait de diriger une entreprise ?

— Peut-être finira-t-il par changer d'avis.

— Je ne pense pas, répliqua Thanos, le regard tourné vers la baie vitrée, le visage impénétrable.

— Dans ce cas, ce sera à vous de l'y inciter.

Elle reporta son attention sur les factures en plissant le front.

Thanos considéra pensivement son assistante. Elle parlait avec franchise et ne minaudait pas. Contrairement à la plupart des femmes de sa connaissance, elle ne se pliait pas en quatre pour le flatter ou lui faire plaisir. En fait, elle se comportait comme si elle remarquait à peine qu'il était un homme. Une attitude à laquelle il n'était pas habitué de la part des femmes. Et il fallait reconnaître que c'était fascinant.

Elle était plutôt mignonne et pourtant elle ne faisait aucun effort pour se mettre en valeur. Son tailleur défraîchi et informe ne laissait rien deviner des courbes féminines qui pouvaient se cacher dessous. Quant à ses cheveux, ils étaient soyeux mais attachés en chignon bas sur la nuque. Tout chez elle était sage. Simple. Sérieux.

Il baissa les yeux sur ses mains et constata qu'elle était en train de triturer une liasse de papiers. Le mot « Impayé » en lettres rouges était nettement visible sur celui du dessus.

Des factures, de toute évidence. La curiosité de Thanos fut piquée, malgré ses propres problèmes.

— Que faites-vous ? demanda-t-il.

Elle leva les yeux vers lui en plissant le front. Comme si elle pensait qu'il était parti.

— Je m'occupe d'un problème personnel. C'est ma pause déjeuner.

Il consulta sa montre.

— C'est la fin de la journée.

— Je n'ai pas eu le temps de la prendre plus tôt, expliqua-t-elle comme si elle craignait qu'il lui fasse des reproches.

Elle avait tort. C'était une intérimaire et il n'avait pas mis les pieds à son bureau new-yorkais depuis presque un an, mais il savait qu'elle travaillait avec plus de zèle que la plupart des employés permanents de l'équipe de direction. Sa carte magnétique était souvent la dernière à être enregistrée par le système de sécurité en fin de journée et la première à apparaître sur la liste du personnel le matin.

Elle ne ménageait pas ses efforts et, bien qu'il ait un emploi du temps très chargé, elle avait toujours réussi à faire en sorte que sa vie professionnelle et personnelle se déroule sans le moindre contretemps.

S'il avait besoin qu'on fasse le plein de son jet, il envoyait un mail à Alice. Des cadeaux à choisir ? Alice. Le moindre problème dans l'un de ses appartements ? Alice. Elle supervisait tous les aspects de son existence et, pourtant, c'était seulement aujourd'hui qu'ils se rencontraient pour la première fois. Et il ne savait rien d'elle.

Pourquoi en était-il contrarié ? Il ne pourrait pas l'expliquer. Stathakis Corporation employait trente mille personnes dans le monde. Il n'avait aucune raison de s'intéresser à cette employée plutôt qu'à une autre… Thanos s'appuya contre le bureau d'Alice et concentra son attention sur les factures qu'elle manipulait d'un air embarrassé. Eh bien, il savait au moins une chose à son sujet. Elle n'était pas capable de gérer son budget. C'était la conclusion qui s'imposait étant donné les revenus d'une assistante de direction intérimaire. Même s'il fallait déduire la commission de l'agence d'intérim de son salaire, celui-ci restait très confortable.

— Vous avez besoin de quelque chose, monsieur ?

Elle avait parlé sans le regarder, mais il remarqua le léger tremblement de ses doigts quand elle rangea les factures sous d'autres papiers avant de prendre ostensiblement son sandwich. Il se redressa et se dirigea vers l'ascenseur, le front plissé.

— Combien de temps comptez-vous rester à New York ?

Cette question le prit au dépourvu. Il n'aimait pas rester longtemps au même endroit. Il était arrivé à Manhattan avec l'idée que les affaires qu'il avait à régler sur place le seraient en vingt-quatre heures. Mais à présent, il ne savait plus quand il pourrait repartir.

— Je n'en ai aucune idée.

Silence, puis :

— Donc, je vous verrai demain ?

Il se retourna vers elle. Son visage était impénétrable. Impossible de deviner si elle avait posé la question avec curiosité ou appréhension... Deux hypothèses aussi ridicules l'une que l'autre, à vrai dire. Il hocha la tête avec raideur.

— Oui. Bonsoir, Alice.

2.

— Ce qu'il faut, c'est que tu te maries.

Les paroles de Leonidas, qui semblaient parvenir du fin fond de la galaxie, explosèrent dans le cerveau de Thanos et le firent bondir de son lit. Entièrement nu, il gagna à grands pas le salon de son penthouse et se servit une généreuse dose de whisky puis, frappant au passage une touche du piano à queue, se dirigea vers la baie vitrée. Les lumières de Manhattan scintillaient dans la nuit.

C'était la première fois depuis des années qu'il était seul dans cette ville. D'ordinaire, il téléphonait à l'une de ses nombreuses ex-maîtresses et s'offrait une nuit de passion débridée sans arrière-pensées.

Mais aujourd'hui, la rencontre avec Kosta l'avait laissé inexplicablement insatisfait. Il était maître dans l'art de séparer sa vie professionnelle de sa vie privée. Sa réputation de don Juan n'était pas une donnée pertinente. Il savait qu'il était sans conteste l'homme d'affaires le plus indiqué pour racheter P & A. Et, au-delà de ça, la place de Peto était au sein de Stathakis Corporation.

— Je sais bien que c'est une idée saugrenue, mais serais-tu tombé dans les pommes ? plaisanta Leonidas à l'autre bout de la ligne.

Thanos but plusieurs gorgées de whisky avant de répondre d'un ton sarcastique :

— Je sais bien que tu baignes dans la béatitude du jeune marié, mais comme je ne l'ai jamais caché le mariage est la dernière chose que j'aie en tête.

En fait, cette pensée lui glaçait le sang. Une semaine après avoir été abandonné par sa mère sur le seuil de Dion Stathakis, Thanos avait juré à Leonidas qu'il ne serait jamais assez stupide pour tomber amoureux ni se marier. Âgé de huit ans à l'époque, il avait été accablé de chagrin mais, avec le recul, il se rendait compte qu'il avait également été terrifié. Sa mère, qui l'avait élevé et qui était la seule famille qu'il avait connue, lui avait dit qu'elle « n'en pouvait plus » et elle l'avait laissé tomber comme un sac de pommes de terre. Quant à son père, il n'avait pas caché qu'il ne voulait pas de lui et qu'il ne le recueillait que par devoir. Quand le mariage de ce dernier s'était soldé par un divorce, à cause de l'arrivée inattendue de ce fils illégitime, son cœur d'enfant s'était fermé. Et il ne s'ouvrirait plus jamais. Il le savait.

Quoi d'étonnant à ce qu'il fuie les relations durables et toute forme d'engagement ?

— Je ne parle pas d'un *vrai* mariage, répliqua Leonidas comme si ça allait de soi.

Thanos fit tourner son whisky dans son verre.

— Kosta t'a donné la solution mais tu n'as pas écouté, poursuivit son frère. Il ne veut pas accepter ton offre parce que tu es un champion des gros titres de la presse tabloïd et people. Ce n'est pas juste une des entreprises du classement Fortune 500 qu'il vend, c'est son entreprise familiale.

— Il s'agit aussi de notre empire familial.

— Il a acheté Peto il y a longtemps. Je doute qu'il continue de la considérer comme une entité distincte de P & A.

— Moi non plus. Je n'ai pas l'intention de séparer Peto du reste. Je veux reprendre toute son entreprise.

— Oui, je sais. Mais il ne veut pas te la vendre en raison de ta… prédilection pour les frasques qui font la une des journaux à scandale.

Thanos se raidit. Pourquoi se sentait-il embarrassé, tout à coup ? Il n'avait jamais eu honte de son style de vie et il n'avait jamais eu aucune raison d'avoir honte. Mais les commentaires de Kosta et maintenant de son frère commençaient à être crispants…

— Ma vie sociale ne m'empêche pas de diriger Stathakis Corporation, s'entendit-il répondre sèchement.

— Exact. Mais aucun de nous deux ne pourra jamais faire pire que notre père pour déshonorer le nom de la famille, n'est-ce pas ?

Thanos eut un pincement au cœur. Des années avaient passé depuis que la femme et le fils de Leonidas avaient été assassinés en représailles contre leur père. Mais, même si aujourd'hui Leonidas était remarié et avait une petite fille adorable qui grandissait beaucoup trop vite, il éprouvait toujours de la compassion pour lui.

— Toi et moi, nous n'avons rien de commun avec notre père.

— Je sais.

Leonidas et Thanos restèrent silencieux pendant un instant. Plusieurs années auparavant, avant même le procès contre Dion Stathakis, les deux frères s'étaient juré de ne jamais suivre son exemple. C'était leur grand-père Nicholas qu'ils admiraient et sur les pas duquel ils marchaient.

— Alors prouve à Kosta qu'il se trompe à ton sujet, insista Leonidas. Il te prend pour un play-boy débauché, plus riche et plus sexy que sensé…

— Et alors ? Même si c'était vrai – et il n'avait aucune envie de se demander dans quelle mesure ça l'était – je suis le plus à même de prendre les rênes de cette société et de faire en sorte qu'elle continue à prospérer. Personne ne s'en occupera aussi bien que moi, tu le sais.

— Oui.

— Alors quoi ? Parce qu'il se trouve que j'aime le sexe et que j'ai la cote auprès des tabloïds, il estime que je ne suis pas qualifié ?

— Pour lui, il ne s'agit pas d'une affaire comme les autres. Cette société est son héritage. Il veut que celui-ci soit préservé.

Thanos réprima un soupir. Il comprenait très bien le point

de vue de Kosta. Pour sa part, il n'avait pas eu le genre de parents avec lesquels la plupart des enfants grandissaient. Sa mère l'avait abandonné et son père l'avait recueilli à contrecœur. Mais il y avait eu ses grands-parents. Et pour eux, il aurait fait n'importe quoi. N'était-ce pas à cause d'eux que lui et son frère avaient travaillé d'arrache-pied pendant une bonne décennie pour redonner à Stathakis Corporation tout le poids qu'elle avait avant la chute de leur père ? Pour laver, en partie, l'honneur du nom Stathakis ?

Et n'était-ce pas encore aujourd'hui sa plus grande motivation ? Il voulait ramener Peto au sein de leur empire, dont elle avait été autrefois un élément important. Ils avaient diversifié leurs activités en faisant de nouveaux investissements pour consolider les anciens. Malgré tout, il n'avait jamais oublié ce qu'il s'était promis le jour où ils avaient vendu Peto. Vendu la société de transport dont son grand-père avait été si fier, la société qui avait joué un rôle essentiel dans la croissance de l'empire familial. Cette société était tout pour lui. Et visiblement, elle était tout pour Kosta Carinedes.

Il fallait juste qu'il prouve à ce dernier que son héritage serait en sécurité entre ses mains.

— Tu aurais tort de ne pas rassurer Kosta sur ta vie personnelle, insista Leonidas. Marie-toi et il te la vendra aussitôt.

Thanos termina son verre d'un trait. La suggestion de son frère était d'une logique implacable. Il était bien obligé de le reconnaître, même s'il s'était juré de ne jamais se marier.

— En dehors du fait qu'il comprendrait tout de suite que c'est une ruse, avec qui voudrais-tu que je me marie ?

Leonidas pouffa.

— Il doit y avoir des centaines de femmes avec qui tu as couché. Choisis celle que tu préfères.

— Aucune ne me plaît assez pour que je l'épouse. Et je n'ai pas l'habitude de remettre le couvert.

Leonidas soupira à l'autre bout de la ligne.

— Si tu veux qu'il te vende sa société, tu dois te résigner. C'est le seul moyen.

— C'est dément.

— Non, c'est très sensé au contraire.

— Je ne peux pas épouser une femme au hasard.

— Pourquoi pas ?

— Parce que je le ferais uniquement par intérêt.

— Et alors ? Trouve une femme qui serait prête à t'épouser par intérêt. Tu oublies combien tu vaux ?

— C'est complètement immoral.

— Pourquoi ?

— Un mariage truqué pour tromper un vieil homme ?

Leonidas resta silencieux un instant.

— Tu ne penses pas que la fin justifie les moyens ?

Thanos serra les dents. S'il y avait une chose qu'il ne pouvait pas accepter, c'était de perdre Peto. Par ailleurs, Leonidas avait raison. Kosta lui avait pour ainsi dire « fait un dessin ». C'était comme s'il lui avait donné clairement ses instructions. Arrêter les frasques. Se ranger. Donner au moins l'apparence d'avoir pris goût à la vie de famille.

Oui, peut-être que Leonidas avait raison. La perspective de se marier le révulsait, mais un mariage de ce genre… dans lequel chacun des partenaires ne cherchait que son intérêt ? Si les choses étaient claires dès le départ ? Un mariage à durée déterminée à la fin duquel il pourrait reprendre sa vie normale ? Oui, ce genre de mariage était probablement envisageable. Mais avec qui ?

Alice coupa la communication d'un doigt tremblant et baissa les yeux sur son bureau. Elle qui s'autorisait rarement à pleurer avait du mal à retenir ses larmes.

Surendettement.

Le mot semblait flotter dans l'air autour d'elle. Comment avait-elle pu en arriver là ? Elle avait beau travailler avec acharnement, elle ne s'en sortait jamais. Et à présent, l'établissement financier gestionnaire de sa carte de crédit exigeait qu'elle clôture ses comptes et qu'elle paye l'intégralité de ses dettes, faute de quoi serait entamée une procédure de surendettement.

Se mordant la lèvre, elle étouffa un sanglot. Il devait bien y avoir une lueur au bout du tunnel ? Quelque chose qu'elle pouvait vendre, une solution quelconque ? Malheureusement, non. Au fil des années, elle avait vendu tous les objets de valeur qu'elle possédait, y compris les boucles d'oreilles en diamant que sa mère aimait tant – un cadeau que lui avait fait son père quand ils s'étaient rencontrés.

N'ayant pas pu faire d'études, elle n'avait aucune chance de trouver un emploi mieux payé. Et il ne fallait pas espérer obtenir un crédit bancaire. L'estomac noué, elle se leva et se mit à arpenter la pièce. Il devait bien y avoir une solution ! Une larme unique roula sur sa joue, et à cet instant précis, Thanos Stathakis apparut dans l'embrasure de la porte de son bureau. Aussi imposant et séduisant que la veille.

Il ouvrit la bouche, scruta son visage, et la referma. Clouée sur place, elle était si confuse qu'elle ne songea même pas à essuyer sa joue.

— Vous avez besoin de quelque chose ? demanda-t-elle d'une voix aussi ferme que possible.

Pas question d'aggraver encore la situation par un manque de conscience professionnelle.

— Oui. Venez.

Déglutissant péniblement, elle glissa son relevé de compte sous son clavier puis se rendit dans le bureau de son patron.

— Asseyez-vous, je vous en prie, dit-il en indiquant la table de réunion.

Elle secoua la tête. Pas question de s'asseoir. Elle n'en avait aucune envie.

— Vous êtes contrariée ?

— Non, ça va. De quoi avez-vous besoin ?

Il plissa les yeux, puis il se détourna le temps de remplir un verre d'eau fraîche, qu'il lui apporta. Lorsqu'elle le prit, leurs doigts se frôlèrent et elle reçut une décharge électrique qui remonta le long de son bras.

— Ça vous ferait peut-être du bien de parler de ce qui vous contrarie, suggéra Thanos.

Stupéfaite, elle écarquilla les yeux.

— Je… C'est mon problème.

— Et vous aimez résoudre vos problèmes toute seule.

Elle hocha la tête.

— Comme vous, je suppose.

Il eut un sourire sans joie.

— À chaque fois que c'est possible, oui.

— Et pourtant vous m'invitez à m'épancher auprès de vous ?

Il eut l'air si interloqué qu'elle ne put s'empêcher de pouffer malgré ses problèmes.

— Je veux dire… Je n'aime pas les larmes. Mais si parler peut vous aider…

Elle eut un pincement au cœur. Depuis combien de temps n'avait-elle personne à qui parler ? Cela semblait faire une éternité.

— C'est difficile à expliquer, dit-elle avant de boire une gorgée d'eau.

Il resta silencieux. Attentif. Elle se dirigea vers la table et posa son verre dessus, se concentrant sur la vue de l'autre côté de la baie vitrée. C'était plus facile de parler sans le regarder.

— C'est ma mère. Enfin… Elle ne va pas très bien. Prendre soin d'elle est difficile et ça coûte cher. Ça dure depuis des années, et malgré tous mes efforts je n'arrive pas à m'en sortir. Je ne sais plus quoi faire.

Elle serra les dents, mais cela ne suffit pas à étouffer le sanglot qui lui échappa. Elle lança à Thanos un regard contrit.

— Je ne suis jamais comme ça au travail, je vous assure.

— Je le sais, dit-il d'un ton neutre.

— Je travaille vraiment dur parce que j'ai besoin de bonnes références pour obtenir de nouveaux emplois.

Actuellement je fais partie des intérimaires les mieux notés à l'agence. Je m'efforce de le rester.

Thanos réfléchit un instant.

— Un emploi permanent ne vous conviendrait-il pas mieux ? Vous auriez un salaire plus régulier.

— C'est vrai. Mais je gagnerais beaucoup moins. Par ailleurs, j'ai besoin d'une certaine souplesse dans mon emploi du temps. À certaines périodes, je dois arrêter de travailler pendant deux ou trois semaines pour m'occuper de ma mère. En tant qu'intérimaire, c'est beaucoup plus facile.

— Votre mère est donc à votre charge ?

— Oui. Elle a eu une attaque. Elle est dans le coma. Je n'ai pas les moyens de payer une place dans une maison de santé, si bien qu'elle vit avec moi. Or le coût d'une infirmière à domicile pendant toute la journée est astronomique. L'essentiel de mon salaire est consacré au paiement des factures médicales, et il faut rajouter la nourriture, le loyer…

Une larme coula sur la joue d'Alice.

— Je suis désolée.

— Vous n'avez aucune raison de l'être.

À sa grande surprise, Thanos sortit un mouchoir en papier du tiroir de son bureau et il la rejoignit. Mais au lieu de lui tendre le mouchoir, il lui essuya lui-même les joues. C'était un geste si attentionné qu'au lieu d'être réconfortée elle se sentit encore plus mal. Elle n'avait pas l'habitude qu'on s'occupe d'elle. Qu'on l'écoute. Il était si tentant de déverser tout son chagrin, de confier tous ses soucis… Elle en mourait d'envie. Mais c'était son patron. Elle ne pouvait pas se permettre d'avoir plus longtemps une attitude aussi peu professionnelle.

— Merci, dit-elle en reculant d'un pas. Je ne sais pas ce qui m'a pris. C'est juste une journée où rien ne va.

Elle prit le verre sur la table dans l'intention de l'emporter à la cuisine pour le rincer, mais il lui saisit le poignet pour l'arrêter. Aussitôt, elle fut envahie par une vive chaleur.

— Moi aussi j'ai un problème, Alice, dit-il en plongeant dans le sien un regard qui fit courir un frisson le long de son épine dorsale.

Un regard déterminé qui dénotait une volonté de fer. Qui permettait de comprendre comment, avec son frère, il avait transformé une entreprise au bord de la faillite en poids lourd de l'économie mondiale. Mais cette déclaration était surprenante. Il avait besoin d'une oreille compatissante ? Ça ne cadrait pas avec l'image qu'elle avait de lui…

— Et je me dis que nous pourrions nous être mutuellement utiles.

Elle arqua les sourcils. Où voulait-il en venir ? Attention, il ne fallait pas se bercer d'illusions. Et pourtant… ça ressemblait à une petite lueur dans le noir.

— Comment ?

— Mon frère m'a suggéré hier soir que je devrais donner à Kosta Carinedes ce qu'il attend.

— Vous allez cesser de vous faire photographier par les paparazzis ? demanda-t-elle avec scepticisme.

Comment parviendrait-il à leur échapper ?

— Je ne suis pas certain que ce soit possible. Mais je vais leur donner l'occasion de faire un autre genre de photos.

— Que voulez-vous dire ?

— Si Kosta veut que je me range, c'est ce que je vais faire. Je vais me marier.

Alice pouffa. Quelle idée absurde !

— Vous allez vous marier ?

— Ça dépend.

— De… ?

— De vous. Accepteriez-vous de devenir ma femme ?

3.

Rompant le silence qui se prolongeait, Thanos ajouta :

— Ne considérez pas ça comme une demande en mariage, mais comme une offre d'emploi.

— De devenir votre femme ?

Sortant enfin de sa stupeur, Alice cligna les paupières comme si ça pouvait l'aider à comprendre ce qui se passait.

— Oui, répondit Thanos avec un regard scrutateur.

— Vous avez bu ?

Il eut un petit rire rauque.

— Non.

— Vous n'envisagez pas sérieusement que je puisse vous épouser ?

— Pourquoi pas ?

— Hem…

Elle but une gorgée d'eau pour se donner une contenance.

— Parce que nous nous sommes rencontrés hier ?

— C'est vrai. Mais je sais déjà tout ce que j'ai besoin de savoir pour être convaincu que cette union est une bonne idée.

Elle arqua les sourcils pour l'inviter à développer.

— Vous êtes efficace, digne de confiance et intelligente. Je suis très impressionné par votre conscience professionnelle.

Ce compliment alla droit au cœur d'Alice.

— Mais surtout, vous avez besoin d'argent et ce mariage serait un simple arrangement.

— Un arrangement ?

— Pourquoi pas ?

Plissant le front, elle cala une mèche de cheveux derrière son oreille.

— Est-ce seulement légal ?

— Vous pensez que les mariages arrangés n'engagent pas les mariés ?

— Je… Excusez-moi, mais c'est tellement inattendu… Vous envisagez vraiment de m'épouser ?

— Je suis prêt à tout pour récupérer Peto. Kosta a été très clair. C'est le seul moyen de le convaincre de vendre.

— Oui, sans doute. Sauf que je suis la dernière femme que vous songeriez à épouser. Il ne croira jamais que c'est un véritable mariage.

— Au contraire. C'est parce que vous ne ressemblez pas aux femmes par lesquelles je suis attiré que vous êtes parfaite pour le rôle.

Elle laissa échapper un petit rire. Pas question de lui montrer combien elle était blessée par ses paroles. Elle savait qu'elle n'était pas particulièrement belle et elle n'avait aucun espoir qu'un homme comme lui puisse la trouver séduisante. De toute façon, elle n'en avait pas envie. Elle en avait terminé avec les hommes et l'amour. Mais ça ne l'empêchait pas d'avoir encore un peu d'amour-propre, et celui-ci venait d'être terriblement malmené.

— Qu'est-ce qui vous fait penser ça ?

— Le fait même que vous soyez différente. Il semble logique que le jour où je finisse par décider de me ranger, ce soit avec une femme qui n'ait rien à voir avec… mes goûts habituels.

Elle réprima une moue mortifiée. Cette conversation commençait à devenir un peu trop humiliante…

— D'accord. Mais nous ne nous connaissons que depuis hier.

— Il ne le sait pas.

— Je…

— Même s'il cherche à en savoir plus, il peut très bien penser que nous nous fréquentons depuis des mois.

— Eh bien, il faudrait que je manque de jugement.

Elle eut une moue contrite.

— Je veux dire… On vous a vu en photo dans divers journaux récemment, en compagnie de différentes femmes.

— Kosta est un homme intelligent, qui lui non plus n'a pas échappé à la curiosité des médias. Il sait aussi bien que moi que les journalistes racontent beaucoup d'histoires. Je n'attache pas une grande importance à ce qui est publié à mon sujet. Je comprends que les médias doivent vivre, mais il faudrait être stupide pour prendre pour argent comptant tous les ragots qu'ils colportent.

Ce qui impliquait qu'elle était stupide, songea-t-elle aussitôt. Il ne lui était jamais venu à l'esprit de mettre en doute ce qu'elle avait lu à son sujet…

— Peut-être, mais je ne vois pas comment cette ruse pourrait marcher.

— Je ne l'envisagerais pas si je ne pensais pas qu'elle a de grandes chances de convaincre Kosta.

— Le mariage est une solution très… permanente pour un problème de ce genre.

Il eut un sourire indulgent.

— Les mariages se terminent souvent par un divorce. Le nôtre connaîtrait le même sort.

— Voué à l'échec dès le début…

— Comme la plupart.

Elle était trop occupée à réfléchir pour remarquer le ton cynique de Thanos.

— Comment cela fonctionnerait-il ?

Il poussa un tel soupir de soulagement qu'elle s'empressa d'ajouter :

— Je ne dis pas oui. J'aimerais juste en savoir davantage.

— J'admire votre prudence. Avez-vous déjeuné ?

— Déjeuné ? répéta-t-elle, surprise. Non.

— Très bien. Allons discuter de ça au restaurant.

— Il est 14 heures.

— Et alors ?

Avec son autorité naturelle coutumière, il indiqua la

porte d'un geste de la main et elle se dirigea vers la sortie. Mais au moment de franchir le seuil de son bureau, elle se sentit obligée d'insister :

— Je n'ai pas accepté, Thanos. En fait, c'est une des idées les plus extravagantes que j'aie jamais entendues !

— D'accord. Mais vous êtes intriguée, non ?

— Oui, c'est vrai, reconnut-elle en esquissant un sourire.

— C'est déjà un début. Je vous promets de faire en sorte que vous ne puissiez pas refuser, Alice.

Il appela l'ascenseur, dont les portes s'ouvrirent aussitôt. Elle entra dans la cabine mais, quand celle-ci se mit en mouvement, ce fut pour monter au lieu de descendre. Alice sentit son cœur faire un petit bond dans sa poitrine. Il y avait un héliport sur le toit… était-ce là qu'il l'emmenait ? Quelques instants plus tard, elle découvrit qu'un hélicoptère les attendait, aussi noir et brillant qu'une limousine. Alors qu'ils avançaient vers lui, Thanos pressa quelque chose dans sa poche et la porte de l'appareil s'ouvrit.

— Après vous, dit-il avec le plus grand naturel.

Elle resta un instant immobile, bouche bée, puis elle se ressaisit et monta à bord. Thanos s'installa sur le siège voisin du sien, et elle eut aussitôt une conscience aiguë de la proximité de son corps. La place était loin de manquer, mais il était si athlétique que ses jambes touchaient presque les siennes. Elle serra les genoux et croisa les mains.

— Attachez-vous.

Elle saisit les deux extrémités de la ceinture de sécurité et tenta de la fermer avec des gestes maladroits. Il se pencha sur elle et plongea son regard dans le sien en esquissant un sourire.

— Vous permettez ?

Se maudissant pour sa maladresse, elle hocha la tête, les joues en feu.

— Merci.

À son grand dam, elle fut électrisée lorsque ses doigts la frôlèrent au cours de la manœuvre. C'était un geste innocent, et de toute façon elle n'était pas du tout son genre, se rappela-t-elle aussitôt. C'était même pour cette raison qu'il lui avait fait cette proposition stupide. Mais après tout… était-elle vraiment si stupide ? Pour lui, s'il lui permettait d'acquérir P & A, ce mariage était d'un intérêt majeur.

Et pour elle ?

Pouvait-elle espérer qu'il allait lui offrir une sorte de salaire, plus élevé que l'actuel ? C'était sans doute ce que Thanos avait en tête.

— Tenez.

Il lui tendit un micro-casque blanc puis mit le sien avant d'entamer la procédure de démarrage. Lorsque l'hélice se mit en mouvement, le bruit fut assourdissant.

— Où allons-nous ? cria-t-elle, avant de prendre conscience que c'était inutile puisqu'elle avait un micro.

Il fit la grimace et lui lança un regard amusé. Elle ne put s'empêcher de rire.

— Désolée… Où allons-nous ? répéta-t-elle dans un murmure.

Il rit à son tour et elle sentit une douce chaleur l'envahir.

— Déjeuner.

— Je croyais que vous pensiez à un sandwich au coin de la rue.

Il prit un air scandalisé.

— Ce n'est pas de la nourriture digne de ce nom.

— Vraiment ?

— Je n'aime pas cette habitude des Américains de manger tout en faisant autre chose. Des sandwichs !

Il prononça le mot comme si c'était un affront à la gastronomie, et elle esquissa un sourire.

— Les sandwichs sont très pratiques. Transportables, savoureux, nourrissants…

— Ennuyeux.

Bien sûr, il aimait les bonnes choses, comprit-elle. Les expériences exaltantes. Les fêtes. La bonne chère. Le vin. Le soleil sur sa peau quand il était sur le pont de son yacht.

— Vous êtes un hédoniste.

— Peut-être. Mais ne devrions-nous pas tous l'être ?

Elle resta silencieuse. Pas question de lui rappeler que depuis des années elle se demandait si elle allait pouvoir encore longtemps survivre en ne mangeant que des pommes de terre et du pain.

— Alors, où allons-nous exactement ?

— Dans un petit restaurant que je connais.

Il s'avéra que le « petit restaurant » en question était un établissement de Brooklyn si chic qu'il n'était même pas signalé par une enseigne. Thanos atterrit sur le toit d'un immeuble peu élevé, puis il effectua toutes les vérifications post-atterrissage. Immobile sur son siège, elle en profita pour tenter de s'habituer à cette situation étrange. Mais celle-ci devint encore plus étrange lorsqu'ils entrèrent dans le restaurant par la cuisine et que les chefs arrêtèrent ce qu'ils étaient en train de faire pour se précipiter vers lui. Il prit le temps de discuter avec chacun d'eux. Non seulement il semblait connaître leurs noms à tous, mais en plus il leur posait des questions précises sur leurs familles, dont il citait le nom de chacun des membres. Il présenta par ailleurs ses condoléances à une femme, qui venait apparemment de perdre son père.

— Vous venez ici souvent ? demanda-t-elle alors qu'ils gagnaient la salle.

Immense, celle-ci avait été aménagée de façon à ce que les tables soient très espacées et isolées les unes des autres par d'énormes figuiers lyres plantés dans des pots en cuivre. Des fauteuils capitonnés contribuaient à créer une atmosphère intime et raffinée. C'était l'endroit idéal pour discuter en toute discrétion.

Thanos avança une chaise à Alice et un serveur apparut presque aussitôt.

— Monsieur Stathakis, enchanté de vous revoir. Souhaitez-vous consulter le menu ?

Thanos se pencha vers Alice.

— D'habitude je prends la spécialité du jour, mais vous voulez peut-être voir le menu ?

— Non, ce n'est pas la peine. Ce que vous prendrez sera parfait, j'en suis sûre.

— Je peux demander s'ils veulent bien vous servir des sandwichs ? plaisanta-t-il.

— Ce serait fantastique, répliqua-t-elle sur le même ton.

Il eut un large sourire, puis il adressa quelques mots en grec au serveur avant de s'asseoir en face d'elle. Soudain très nerveuse, elle s'efforça de ne pas le montrer. Au bureau, la proposition de Thanos l'avait surprise. À bord de l'hélicoptère, elle avait été très impressionnée par le luxe de ce moyen de transport tout nouveau pour elle. Mais ici, dans ce restaurant chic et romantique, assise en face d'un des hommes les plus riches – et les plus séduisants – du monde, elle avait le cœur qui battait à cent à l'heure…

— Détendez-vous, murmura-t-il, visiblement conscient de sa nervosité.

— Je suis désolée, mais ce n'est pas tous les jours qu'on me demande en mariage, ironisa-t-elle.

— Ce n'est pas une véritable demande en mariage. C'est un arrangement.

— Je dois avouer que je ne m'y connais pas plus en arrangements qu'en mariage.

— Laissez-moi vous expliquer. Comme en affaires, nos intérêts respectifs seront protégés par un contrat.

— Un contrat de mariage ?

— Un règlement de divorce. Je ferai rédiger confidentiellement par mon avocat une convention comportant des clauses sur lesquelles nous allons nous mettre d'accord maintenant.

— Quel genre de clauses ? demanda-t-elle aussitôt, le cœur battant.

Il l'examina d'un air songeur, puis il haussa les épaules.

— Quels seraient vos desiderata ?

— Vous voulez que je choisisse les clauses ?

— En principe, dans une négociation, il est normal qu'une des parties présente un certain nombre de demandes.

Vous savez pourquoi j'ai besoin de cet arrangement mais, vous, dites-moi quels sont vos besoins.

Elle se mordit la lèvre. Ses besoins étaient si nombreux…

— Je veux que ma mère bénéficie de tous les soins nécessaires. Il faut qu'elle soit prise en charge dans un établissement spécialisé. Un bon établissement, avec du personnel qualifié mais également humain, où elle serait aussi… bien que possible.

La voix d'Alice se brisa et elle dut faire une pause avant d'ajouter :

— Un endroit où je pourrais aller la voir souvent.

Thanos hocha la tête.

— Bien. Quoi d'autre ?

Elle faillit dire que c'était tout, mais elle se ravisa. Sa situation financière était catastrophique. Pourquoi ne pas tenter le tout pour le tout ?

— Il faudrait que je continue à toucher mon salaire d'intérimaire. Je suppose que, pour des raisons de vraisemblance, je ne pourrai pas travailler, mais il faudrait que j'aie les moyens de continuer à payer mon loyer. Pour pouvoir retrouver mon appartement après le divorce.

Thanos la fixa en silence pendant un moment qui lui parut interminable. Serait-elle allée trop loin ? Tout à coup, il éclata de rire.

— Qu'y a-t-il ? demanda-t-elle, les joues en feu.

— Votre appartement ? *Theos*, Alice. Vous avez de nombreux talents, mais l'art de la négociation n'en fait pas partie.

Elle sentit les battements de son cœur s'accélérer. Une place dans une bonne maison de santé valait très cher. Facilement un demi-million de dollars…

— Eh bien, dites-moi combien vous êtes prêt à me payer.

— Je vous demande d'abandonner votre vie et de jouer le rôle de mon épouse – ce qui risque de ne pas être très facile. D'abord, vous vous retrouverez du jour au lendemain sous les projecteurs. Ensuite, pour que ce mariage paraisse bien réel, vous devrez m'accompagner régulièrement à des soirées. Ce sera un changement radical de mode de vie. Et tout ce que vous demandez, c'est de conserver votre salaire actuel ?

— Plus la prise en charge médicale de ma mère.

Il balaya cette objection d'un geste de la main.

— Alice, il ne faut pas vous sous-estimer à ce point.

— Alors que suggérez-vous ?

— Pour commencer, un appartement à New York. Vous pourrez choisir celui que vous voudrez. J'en possède plusieurs mais, si aucun ne vous plaît, n'hésitez pas à prendre contact avec un agent immobilier.

Elle en resta bouche bée.

— Ensuite, une allocation forfaitaire. Je m'attendais à ce que vous réclamiez vingt millions de dollars. J'avais prévu de baisser à dix dans un premier temps, puis de vous en accorder quinze après discussion. Autant gagner du temps et dire tout de suite quinze millions. Qu'en pensez-vous ?

— Quinze millions de dollars ?

— Alice, je suis très riche et, si vous m'épousez, vous me permettrez d'acheter une entreprise à laquelle je tiens par-dessus tout. Oui. Quinze millions de dollars.

— Et un appartement à New York. Et toute l'assistance médicale nécessaire pour ma mère.

— Et une assurance maladie. À effet immédiat.

Elle secoua la tête, abasourdie. C'était trop…

— Mais je pourrais la payer moi-même avec l'argent…

Il rit de nouveau.

— Décidément, vous êtes une très mauvaise négociatrice.

— J'aurais l'impression de vous escroquer et ça ne me plaît pas.

Il arqua les sourcils.

— Quelle idée…

— Je vous assure que j'aurais cette impression.

— C'est un emploi comme un autre.

— Un emploi scandaleusement surpayé.

— Ma proposition de rachat de l'entreprise est déjà

nettement au-dessus du prix du marché. Je ne suis plus à ça près.

— Elle est si importante que ça pour vous ?

Les yeux de Thanos étincelèrent.

— Peto est tout pour moi.

— Parce qu'elle vous appartenait autrefois ?

— Parce qu'elle appartenait à mon grand-père. Parce que nous l'avons vendue contraints et forcés, et que j'ai juré de la récupérer un jour.

Il ferma brièvement les yeux.

— Et parce que Kosta Carinedes finira par la vendre un jour ou l'autre et que je ne veux pas qu'il la vende à quelqu'un d'autre.

— Vous pensez qu'il le ferait ?

— Oui.

— Alors, concrètement, comment ça se passerait ? demanda-t-elle.

Au même instant le serveur revint avec une bouteille de vin. Ils gardèrent le silence pendant qu'il la débouchait et servait deux verres.

— Nous nous marierions rapidement, répondit Thanos après son départ. Deux semaines devraient suffire à accomplir les formalités. J'ai un hôtel dans le sud de la France qui serait parfait. Exactement le genre d'endroit que je choisirais pour mon mariage. Il est isolé et difficile d'accès, ce qui nous permettra d'informer la presse sans pour autant être envahis par les paparazzis.

Elle réprima un frisson. Comment supportait-il d'être poursuivi en permanence par la presse ? Il était tentant de lui poser des questions sur sa vie, mais il y avait plus urgent.

— Deux semaines ?

— Il faut faire vite. Vu les résultats de l'entreprise, Kosta va être très rapidement acculé à la vente. Je ne veux prendre aucun risque.

Alice déglutit péniblement. Bien sûr, Thanos avait toutes les raisons d'être pressé. Mais c'était si rapide…

— Et votre mère pourrait être admise dans un établissement approprié dès demain, ajouta-t-il.

Elle sentit son estomac se nouer. Elle était prête à tout pour sa mère – à *tout*. Et Thanos lui offrait la meilleure solution possible.

— Et…

Déglutissant péniblement, elle prit son verre et but une gorgée de vin.

— … en ce qui concerne le mariage… ? reprit-elle d'une voix étranglée.

— Oui ? Que voulez-vous savoir ?

— Combien de temps prévoyez-vous qu'il devra durer ?

Il haussa les épaules.

— Un an ?

— Un an !

Elle but une autre gorgée de vin.

— Nous ne serions pas obligés de vivre ensemble pendant toute la durée de cet arrangement. Juste les premiers mois, le temps que je négocie le contrat avec Kosta.

— Vivre ensemble ?

Elle ferma les yeux, atterrée.

— Eh bien, oui. Pour que le mariage soit crédible, c'est indispensable.

Au comble de la confusion, elle ouvrit la bouche mais aucun son n'en sortit. Quand elle se décida à jeter un coup d'œil à Thanos, elle eut le souffle coupé par son regard pénétrant. Le cœur battant à tout rompre, elle bredouilla :

— Je… Je ne peux pas… vivre avec vous.

Il arqua un sourcil.

— Ah bon ?

— Je ne suis pas… Je veux dire… Je sais que vous êtes très… expérimenté, mais pas moi. Et je ne suis pas intéressée par le genre de relation que vous… suggérez.

Il laissa échapper un nouveau rire sonore.

— Détendez-vous, Alice. Je ne suis pas en train de vous proposer de partager mon lit.

Mortifiée, elle vida pratiquement son verre d'un seul trait et le vin lui brûla la gorge.

— Vous venez de dire que nous allions vivre ensemble.

— Oui, mais ce sera un mariage blanc. Notre relation restera ce qu'elle est actuellement. Professionnelle. Courtoise. En réalité nous ne nous verrons sans doute pas souvent, vu la fréquence de mes voyages.

Le cœur d'Alice reprit un rythme à peu près normal.

— Vous continuerez à voyager…

— Oui, bien sûr. À part des apparitions publiques régulières pour donner le change, nous n'avons aucune raison de modifier nos manières de vivre respectives.

— Mais, vous ne verriez pas d'autres femmes ? s'entendit-elle demander.

Pourquoi cette idée la contrariait-elle autant ? Question d'amour-propre, sans doute. Plus son expérience avec Clinton et l'exemple de son père. Elle n'avait pas envie d'être ridiculisée par un homme. Plus jamais.

— Je ne « vois » aucune femme en ce moment, répliqua-t-il en haussant les épaules.

— En ce moment, peut-être. Mais vous ne pourriez pas vous permettre d'être pris en photo en compagnie d'un top-modèle dans une soirée. Si l'objectif est de convaincre M. Carinedes, vous allez être obligé de jouer les jeunes mariés dévoués, tout comme moi.

— Ça ne devrait pas poser de problèmes. Comme vous le savez, je suis très motivé.

— Je sais, murmura-t-elle en crispant les doigts sur son verre comme si c'était une bouée de sauvetage.

— Je passe le plus clair de mon temps en Grèce, poursuivit-il comme si le problème de la vie commune était réglé. Une fois que j'aurai trouvé à votre mère une place dans un établissement approprié, je suppose que vous pourrez m'y rejoindre ?

Elle resta silencieuse, se léchant machinalement la lèvre inférieure sans remarquer que ce geste attirait le regard de Thanos. Pas question d'avouer que sa vie privée était un véritable désert.

— Alice ?

— Je… Oui.

Il sourit, visiblement soulagé.

— Alors, quelle est votre réponse ?

Elle déglutit péniblement. Comment ne pas avoir conscience du danger ? Accepter d'épouser un homme aussi irrésistible que Thanos Stathakis n'avait rien d'anodin.

— Ce serait juste un arrangement, insista-t-elle. Je vous épouserais uniquement pour pouvoir rembourser mes dettes. Et pour vous aider.

C'était peut-être stupide mais c'était vrai. Elle voulait l'aider.

Il hocha la tête.

— C'est parfait. Si nous nous serrions la main pour sceller notre accord ?

Bien sûr, il y avait mille et une autres façons, plus traditionnelles et plus romantiques, de sceller une promesse de mariage. Mais, vu les circonstances, une poignée de main était la plus appropriée.

Un mariage de convenance sans relations intimes et d'une durée d'un an maximum.

Ça, elle pouvait l'accepter sans risque.

4.

— Vous pouvez consulter un avocat, proposa Thanos.

Alice leva les yeux du document fixant les conditions du divorce. Pour la première fois depuis très longtemps, elle avait l'impression de reprendre le contrôle de sa vie. Tout allait bien se passer. Elle le sentait. De toute façon, elle avait désespérément besoin de le croire. Déjà, la situation s'était nettement améliorée. Deux jours après qu'elle eut accepté d'épouser Thanos, Jane Smart avait été admise dans une maison de santé de grand standing, située à seulement une heure de voiture de Manhattan. Thanos l'avait emmenée sur place en hélicoptère afin qu'elle puisse visiter les lieux. Elle avait été très impressionnée par la qualité des installations et de l'accueil. Mais elle avait également été très touchée qu'il prenne la peine de l'accompagner lui-même. Dans tous les domaines, tout s'était révélé d'une simplicité incroyable. L'argent ouvrait les portes, surtout quand on en avait autant que Thanos. Il avait payé son loyer pour un an, afin de lui laisser tout le temps nécessaire pour organiser son déménagement le moment venu.

Et à présent, dans son penthouse de Manhattan, il prenait la peine de lui expliquer en détail le règlement de divorce. Si seulement elle parvenait à se concentrer sur ce document ! Mais comment ne pas être distraite par le luxe inouï du décor et par la vue sur Manhattan et Central Park ? Mais ce n'était pas l'appartement qui affectait le plus sa capacité de concentration. C'était

Thanos lui-même. Vêtu d'un jean et d'un T-shirt, il était aussi séduisant qu'en costume, sinon davantage. Mais surtout, il se montrait une fois de plus très attentionné. Et puis il y avait sa voix chaude et profonde… En proie à un trouble intense, Alice jouait nerveusement avec son stylo. Elle s'efforça de se ressaisir.

— Vous pensez que j'ai besoin de consulter un avocat ?

— Non. Ce document est conforme aux conditions sur lesquelles nous nous sommes mis d'accord. Mais si vous doutez de ma parole…

— Non.

Pourquoi lui faisait-elle confiance ? Elle ne saurait pas l'expliquer, mais c'était un fait.

— C'est juste qu'un mariage… c'est un peu impressionnant.

— C'est vrai.

Il posa la main sur la sienne et elle fut électrisée.

— Mais ce n'est pas un véritable mariage, et ce contrat prouve que vous avez une porte de sortie.

— Je sais.

— À tout moment, nous avons l'un et l'autre la possibilité d'entamer une procédure de divorce en produisant ce document. Considérez-le comme une police d'assurance.

Elle hocha la tête en passant la main dans ses cheveux. Ils étaient attachés en chignon, mais elle avait mal au crâne et elle enleva machinalement les épingles comme elle le faisait tous les soirs avant de les glisser dans son sac en cuir avachi, qui détonnait dans le décor somptueux. Puis elle enfonça les doigts dans ses longues mèches brunes, les yeux toujours fixés sur le contrat. En effet, tout était conforme à ce qu'ils avaient convenu. Le montant de l'allocation forfaitaire et la valeur – franchement excessive ! – de la propriété qu'elle pourrait acheter au cas où aucun de ses appartements ne lui conviendrait. Elle jeta un coup d'œil à Thanos, puis, avec le sentiment de sauter dans le vide, elle signa le contrat. Il se leva et fit le tour de la table. Lorsqu'il se pencha au-dessus d'elle pour signer à son tour, la proximité de son corps puissant décupla son trouble. Envahie par une chaleur intense, elle déglutit péniblement.

— Alors ça y est ? murmura-t-elle en levant la tête vers lui.

— Presque.

— Que reste-t-il à faire ?

Il sortit de sa poche un petit écrin de velours noir sur lequel était incrusté en lettres dorées le nom d'un prestigieux joaillier, et le posa sur la table.

— Votre bague.

Avec des doigts tremblants, elle prit l'écrin et l'ouvrit. À quoi s'attendait-elle ? Elle n'en savait rien. Elle n'avait même pas pensé à la bague. Si elle y avait réfléchi, elle aurait sans doute imaginé quelque chose de luxueux, digne de la future épouse de Thanos Stathakis. Mais ça ? C'était… extravagant. Elle sortit le solitaire de l'écrin et le contempla avec incrédulité. Impossible d'évaluer le nombre de carats, elle n'y connaissait rien et n'avait aucun point de comparaison. Une seule chose était certaine. Il était aussi gros que les ongles de ses deux pouces réunis. Et si étincelant qu'elle en était presque aveuglée. La monture était sobre. Six griffes de platine. Elle sentit les yeux de Thanos sur elle tandis qu'elle glissait la bague à son doigt. Le poids de celle-ci était étrangement familier. Et elle avait la sensation qu'elle n'aurait aucun mal à s'habituer à la porter.

— Elle est… belle, murmura-t-elle.

Il haussa les épaules.

— J'ai pensé qu'elle était appropriée.

— Est-ce le genre de chose qu'attendraient les femmes que vous fréquentez ?

Il haussa de nouveau les épaules.

— Sans doute.

— Pas seulement la bague. Le tout, ajouta-t-elle en indiquant le contrat.

— Non, *agape*. Si c'était un vrai mariage, ma future épouse attendrait sans aucun doute beaucoup plus.

— Sérieusement ?

— Vous savez combien je vaux ?

— Pas exactement. Mais beaucoup d'argent.

Il laissa échapper un petit rire de dérision.

— Oui.

— Et vous estimez que votre femme aurait automatiquement droit à une grande part de votre fortune ?

— C'est une discussion sans objet, Alice. Ce sera mon seul mariage et vous serez ma seule épouse.

— Pourquoi ?

Elle se leva, et le regretta aussitôt, parce que cela eut pour effet de la rapprocher dangereusement de lui.

— Parce que je…

Il plongea son regard dans le sien et l'air se chargea soudain d'électricité. Non, c'était un effet de son imagination, se dit-elle. Elle ressentait un trouble intense, certes, mais il n'y avait aucune chance que ce soit réciproque.

— … ne suis pas fait pour le mariage.

La curiosité d'Alice fut piquée. Cet aveu fait avec le sourire était incomplet. Elle en était certaine.

— De quel point de vue ?

— De tous les points de vue, répliqua-t-il d'un ton désinvolte qui la conforta dans son opinion.

Inutile d'insister, il n'en dirait pas plus. Et de toute façon, de quoi se mêlait-elle ? Ce n'était pas un vrai mariage. Ils n'étaient même pas amis. Ils venaient juste de signer un arrangement. Un simple arrangement.

— Eh bien, il ne reste plus qu'à sceller notre accord, ajouta-t-il sur le même ton.

Elle tressaillit. Surgie de nulle part, l'image de Thanos en train de l'embrasser assaillit son esprit. Son cœur se mit à battre à grands coups et ses lèvres s'entrouvrirent d'elles-mêmes.

— Sceller notre accord ? s'entendit-elle murmurer, les jambes tremblantes.

Lorsqu'il s'écarta d'elle, sa déception fut si vive qu'elle en eut le souffle coupé.

— Je pensais que nous pourrions sortir, déclara-t-il.

— Sortir ?

— Aller danser. Être pris en photo ensemble est le moyen le plus rapide de répandre la nouvelle de nos fiançailles.

Elle regarda l'énorme bague qui ornait son doigt, puis elle jeta un coup d'œil à son reflet dans le mur réfléchissant qui se trouvait à quelques mètres. Elle était venue directement du bureau, vêtue d'un tailleur marron mal taillé. Le genre de tenue qui ne convenait pas du tout à une soirée dans un club chic, et encore moins à la fiancée de Thanos Stathakis…

— Danser ? Il faut que je me change.

— C'est vrai.

Esquissant un sourire, il lui fit signe de le suivre et la conduisit dans une chambre au décor crème. Une robe était suspendue à la porte ouverte d'une penderie. Une robe de soie rouge à fines bretelles, qui ne devait pas descendre plus bas que la moitié des cuisses et dont le décolleté semblait dangereusement plongeant. Exactement le genre de robe qu'elle ne songerait jamais à s'acheter. Pourtant, il fallait bien reconnaître que la qualité du tissu et l'élégance de la coupe avaient quelque chose de fascinant.

— C'est pour moi ? demanda-t-elle en se tournant vers Thanos.

Elle crut apercevoir une lueur de doute dans ses yeux, mais il hocha la tête.

— Il y en a d'autres, mais celle-ci est ma préférée.

Il lui fit un clin d'œil qui l'électrisa avant d'ajouter :

— Je vous attends dehors.

Craignant que sa voix trahisse son trouble, elle se contenta de hocher la tête. Après le départ de Thanos, elle passa les doigts sur le tissu soyeux de la robe puis elle examina la penderie. Celle-ci contenait en effet plusieurs autres robes, toutes haute couture, et toutes mystérieusement à sa taille. Mais il était vrai que Thanos était un expert en matière de femmes. Nul doute qu'il n'avait eu aucun mal à deviner ses mensurations, même en ne l'ayant jamais vue qu'en tailleur.

Plusieurs robes étaient plus classiques et plus proches de son style de vêtements habituel, mais c'était la rouge qui continuait d'attirer irrésistiblement son regard. Finalement, elle se déshabilla pour l'essayer. Quand elle l'eut enfilée, elle surprit son reflet dans le miroir. Et elle se figea. Jamais elle ne portait de tenues suggestives. Jamais elle ne dévoilait la naissance de ses seins ni ses cuisses au-dessus du genou. Sa mère avait été très stricte pendant son adolescence. « Les hommes ne pensent qu'à une chose, Alice Smart. Ne fais pas la même erreur que moi. Ne te laisse pas embobiner par le premier homme séduisant et beau parleur que tu rencontres. »

La seule fois où elle avait défié sa mère en sortant vêtue d'un T-shirt dos nu et d'une minijupe, elle avait rencontré Clinton. Et tout ce que lui avait dit sa mère s'était avéré cruellement exact. Aujourd'hui elle était adulte, et Jane Smart n'était plus en état de faire des sermons sur la perfidie des hommes. Malgré tout, les mises en garde qui lui avaient été serinées pendant toute sa jeunesse restaient gravées dans sa mémoire et elle choisissait de porter des tenues qui dissimulaient sa silhouette.

Cette robe ne dissimulait rien.

Mais elle lui plaisait. Terriblement. Esquissant un sourire, Alice baissa les yeux sur sa bague. Elle était « fiancée ». Elle ne risquait pas d'être piégée par un homme ne cherchant qu'à coucher avec elle. Elle s'apprêtait à sortir avec son futur mari. Quelle importance si le mariage n'était qu'une ruse ? Résolue, elle fit bouffer ses cheveux puis elle se pinça les joues pour leur donner de la couleur.

Plusieurs paires d'escarpins à talons étaient alignées dans le bas de la penderie, mais dans différentes tailles, contrairement aux robes. Quand elle choisit une paire qui lui allait – des sandales à petits talons – elle eut un peu l'impression d'être Cendrillon. Dans une autre armoire, elle trouva un choix de sacs à main, ainsi que des bijoux dont elle vit tout de suite qu'ils n'étaient pas en toc. Elle prit une pochette assortie aux chaussures puis elle se tourna vers le miroir. Elle y vit le reflet d'une étrangère.

Une femme sûre d'elle et *sexy*. Surgissant de nulle part, le mot s'imposa à Alice et déclencha des frissons dans tout son corps. Thanos était sexy. Il était l'archétype de l'homme sexy. Elle, elle n'était qu'une mystificatrice. Une personne déguisée pour jouer un rôle. Pour son bien-être émotionnel et psychique, elle avait tout intérêt à s'en souvenir. Il fallait éviter à tout prix de se prendre au jeu. Pas question de se laisser aller un seul instant à confondre cette histoire fabriquée de toutes pièces avec la réalité.

Ce n'était qu'une comédie qui ne durerait pas.

Elle bougeait comme un ange.

Son assistante très raisonnable et un peu empruntée avait un corps de rêve, et elle dansait comme une déesse… Pour la première fois depuis qu'il avait décidé de suivre le conseil de Leonidas et de contracter un mariage de convenance, Thanos eut un frisson d'inquiétude. Il avait été facile d'imaginer Alice dans le rôle de sa femme.

Au bureau, elle avait un charme discret. Joli visage, jolis yeux, joli sourire, mais rien de remarquable. L'épouse idéale qui lui permettrait de montrer à Kosta qu'il avait changé, mais qui ne prendrait pas trop de place dans sa vie une fois qu'ils seraient mariés. Ici, sur cette piste de danse où leurs corps se frôlaient, poussés l'un vers l'autre par la foule, il commençait à se demander s'il n'avait pas commis une erreur… Elle n'avait peut-être rien à voir avec ses maîtresses habituelles – blondes filiformes et souvent ennuyeuses comme la pluie – mais elle n'avait rien à voir non plus avec ce qu'il avait imaginé. Or il n'était pas du genre à apprécier les surprises. Il avait pour principe d'examiner chaque situation sous toutes ses faces. Et il avait toutes les raisons de craindre qu'au sujet d'Alice il avait tiré des conclusions hâtives. C'était comme si la musique l'habitait. Elle dansait les yeux fermés en fredonnant, un sourire rêveur aux lèvres. Ses bras remuaient en rythme et ses seins pointaient sous la soie rouge. Dire qu'au départ il considérait cette robe comme une excellente idée… Le tissu fluide épousait ses formes et glissait sur ses hanches tandis qu'elle ondulait du bassin comme si c'était une seconde nature. Impossible de ne pas l'imaginer nue au-dessus de lui, en train de le chevaucher avec la même sensualité… Incapable de réprimer le désir qui le taraudait, Thanos serra les dents.

Theos. Que lui arrivait-il ? Il passait ses soirées à danser avec des femmes plus sexy les unes que les autres. Il était capable de se maîtriser. De toute façon, il n'avait pas le choix. S'il avait amené Alice ici, c'était pour être photographié en sa compagnie afin que la nouvelle de leur prochain mariage se répande. Un objectif qui ne risquait pas d'être atteint s'il continuait à la tenir ainsi à distance pour qu'elle ne se rende pas compte de l'effet qu'elle lui faisait…

— Merci, dit-elle en se hissant sur la pointe des pieds pour lui parler à l'oreille.

Ses seins effleurèrent son torse et il recula aussitôt pour qu'elle ne sente pas son sexe durci contre son ventre.

— Pour quoi ?

— Pour tout.

Elle eut un sourire radieux qui accrut encore son désir.

— Pour ma mère, avant tout. Mais aussi pour cette soirée. Il y a longtemps que je n'avais pas dansé. J'avais oublié à quel point j'aime ça.

La dernière chose à laquelle il s'attendait, c'était sa gratitude… Il voulut sourire, cependant il eut conscience d'esquisser une moue qui pouvait passer pour dédaigneuse. Visiblement blessée, elle s'écarta de lui et se remit à danser. Il faillit s'excuser mais il se ravisa. Cette soirée n'était qu'une opération de communication. Elle le savait aussi bien que lui. Il n'y avait rien de personnel entre eux.

Si seulement son corps pouvait s'en souvenir… Ce n'était pas une nuit comme les autres. Il n'allait pas la finir au lit avec Alice. Trois jours plus tôt, elle était simplement son assistante. Il ne la connaissait même pas. Elle n'était pour lui qu'une voix au téléphone et un nom à la fin de ses mails. Et elle n'était pas du tout son genre.

Bon, d'accord, ce soir elle était nettement plus son genre. Mieux que ça, même. Fascinante. Différente.

Mais ce serait trop compliqué. Ils n'appartenaient pas au même monde. Et de toute façon, il était hors de question pour lui d'entamer une véritable relation avec qui que ce soit. Cette seule idée lui glaçait le sang. Très tôt il avait acquis une certitude. L'amour était une abomination.

Au cas où l'exemple de sa mère n'aurait pas été une preuve suffisante, le naufrage du mariage de Dion et de Maria – provoqué par son arrivée au sein de la famille – l'avait définitivement conforté dans son opinion. Les gens naissaient seuls. Ils mouraient seuls. Tenter de construire sa vie en faisant abstraction de cette réalité était vain. Un mariage lui permettant de récupérer une entreprise qu'il n'aurait jamais dû perdre était la meilleure chose qu'il pouvait espérer. Désirer Alice était donc exclu.

Avec la résolution à laquelle il devait sa réussite, Thanos maîtrisa les réactions intempestives de son corps et il sourit à la femme qu'il allait épouser. La femme qu'il avait sélectionnée parce qu'elle avait besoin d'argent, et que l'argent était la plus forte des motivations.

Il se détendit. Ce mariage était un arrangement. Ils le savaient tous les deux et ils étaient prêts à en respecter les conditions.

Lorsqu'ils sortirent du club deux heures plus tard, Alice était en sueur et sa robe la moulait encore plus étroitement. Elle en était consciente et elle s'en moquait. Avait-elle déjà été en proie à une euphorie aussi délicieuse ? Elle n'en avait pas le souvenir. Quand elle était enfant, la tension était permanente à la maison en raison du manque d'argent. Cette tension ne l'avait jamais quittée au fil des années et elle s'était renforcée après l'attaque de sa mère. Depuis combien de temps n'avait-elle pas dansé ? Depuis combien de temps n'avait-elle pas eu un sourire irrépressible aux lèvres ? Aujourd'hui tout était devenu simple et elle pouvait enfin se détendre un peu.

Tout à coup, elle fut aveuglée par une lumière vive. Paniquée, elle se blottit instinctivement contre Thanos et la mémoire lui revint. S'ils étaient sortis ce soir, c'était pour ça. Pour être photographiés ensemble. C'était la seule raison de leur présence dans ce club. Comment avait-elle pu l'oublier ?

— Bonne soirée, Thanos ? cria un des paparazzis.

Thanos lui lança un regard noir par-dessus la tête d'Alice, puis il baissa les yeux sur elle. Aussitôt, elle fut étrangement apaisée.

— Vous êtes sûre de vouloir vous lancer là-dedans ? demanda-t-il en scrutant son visage.

Comme si elle pouvait faire marche arrière… Grâce à la générosité de Thanos, sa mère se trouvait dans une maison de santé cinq étoiles. Sans parler des dettes dont elle était libérée pour la première fois de sa vie.

— Oui, je suis sûre.

— Très bien.

Avant qu'elle ait le temps de se préparer à ce qui l'attendait, il effleura ses lèvres. Son cœur fit un bond dans sa poitrine et des milliers de petits frissons la parcoururent. Les jambes tremblantes, elle posa la main sur son torse et s'accrocha à sa chemise. Exhibant ainsi sans en avoir conscience l'énorme diamant qui scintillait à son doigt. Les paparazzis se déchaînèrent et les flashs crépitèrent de plus belle tandis que ce baiser se prolongeait. La main de Thanos se posa au creux de ses reins et il sembla soudain respirer avec difficulté. C'était un excellent acteur, songea-t-elle confusément. Malgré les sensations incroyables qui l'assaillaient de toutes parts et menaçaient de lui faire perdre la tête, elle garda un fond de lucidité. C'était un homme qui multipliait les aventures avec certaines des femmes les plus belles du monde. Il ne risquait pas d'être troublé par un baiser aussi anodin. Surtout avec une femme comme elle… À cette pensée, elle faillit s'écarter de lui, mais elle se ravisa. Non. Elle avait accepté de jouer son rôle dans cette comédie et elle ne pouvait plus reculer. Elle fit glisser sa main plus haut sur son torse et la referma sur son épaule pour mettre son diamant bien en évidence. Mais en même temps elle se rapprocha de lui sans le vouloir et leurs corps se touchèrent. Le contact de son sexe durci contre son ventre l'électrisa. Laissant échapper un petit cri étouffé, elle leva les yeux vers lui. Ce qu'elle lut dans son regard acheva de l'enflammer.

— Rentrons à la maison.

Ces paroles prononcées d'un ton pressant lui parvinrent comme avec un temps de retard. Incapable d'émettre un son, elle se contenta de hocher la tête.

« À la maison ». Avec son fiancé.

Thanos l'entraîna vers la limousine qui les attendait, ouvrit la portière et se mit derrière elle pour la cacher aux yeux des paparazzis pendant qu'elle montait en voiture dans sa robe trop courte. Dès qu'elle fut installée sur la banquette arrière, il la rejoignit et l'air sembla se charger d'électricité. Dix minutes plus tôt, tout paraissait très simple.

Mais c'était avant qu'il l'embrasse.

5.

Il n'aurait pas dû l'embrasser.

Allongé sur le dos dans son lit, les yeux fixés sur le plafond, Thanos ne parvenait pas à trouver le sommeil. Il n'arrivait pas à chasser Alice Smart de son esprit.

Il n'aurait pas dû l'embrasser.

Bien sûr, il l'avait fait pour les paparazzis. Pour que des photos d'eux s'étalent dans toute la presse dès le lendemain matin. Il avait voulu surprendre Kosta avant leur prochaine rencontre.

Mais embrasser Alice ?

Quel idiot. Danser avec elle avait déjà été une épreuve, mais sentir ses lèvres sous les siennes, son corps contre le sien… Bon sang, chaque détail de ce baiser était gravé dans sa mémoire. La douceur de sa bouche, la souplesse et la chaleur de son corps humide de sueur après la danse, le parfum délicat de ses cheveux… Et ses doigts crispés sur sa chemise comme si elle était en train de se noyer, ses yeux étincelants de désir…

Il avait dû faire un effort de volonté inouï pour donner l'adresse d'Alice à son chauffeur, puis la reconduire jusqu'à sa porte en évitant tout contact avec elle. « Viens chez moi. » Ces mots avaient bien failli lui échapper, mais heureusement il avait réussi à les retenir juste à temps.

Transpercé par une flèche de désir, Thanos bondit hors de son lit avec un grognement de frustration. Il se dirigea vers la baie vitrée et contempla les lumières de Manhattan sans les voir. S'il perdait le contrôle de la situation, il courait à la catastrophe. Il n'avait aucune intention de se marier – se marier *vraiment* – un jour. Voilà pourquoi ce mariage simulé aurait dû être la solution idéale ! C'était un arrangement. Un simple arrangement.

Sauf que c'était plus compliqué que ça. Du moins ça risquait de le devenir s'il ne prenait pas toutes les mesures nécessaires pour réprimer son désir et s'assurer qu'elle en fasse autant. Thanos laissa échapper un nouveau grognement de frustration. Était-il trop tard pour inclure une clause de non-consommation dans le contrat ? Une clause spécifiant qu'elle perdrait tout s'ils couchaient ensemble ? À peine cette idée l'eut-elle effleuré qu'il la rejeta.

Debout sur le pont de son yacht, Thanos contemplait les lumières du port de Sydney. Que ses affaires l'amènent en Australie tombait à pic. Après cette soirée au club, il avait besoin d'espace. Le genre d'espace qu'il ne pouvait pas trouver à Manhattan. Certes, la ville comptait plus d'un million et demi d'habitants, mais il y avait une personne en particulier qui occupait son esprit et l'empêchait de se concentrer.

Donc, Sydney. Il avait toujours aimé cette ville pour son cosmopolitisme et son dynamisme. Aujourd'hui, il appréciait en plus le fait qu'elle lui offre un refuge. Un abri en pleine tempête.

Oui, il avait pris la fuite.

Le lendemain de la soirée au club, il avait fait livrer chez Alice une enveloppe contenant sa carte de crédit et une liste d'achats qu'il lui suggérait de faire. Vêtements, chaussures, sacs, bijoux, tout ce que son épouse était censée posséder. Il lui avait également conseillé de renouveler son passeport, au cas où elle n'en aurait pas l'idée elle-même. Puis il avait quitté le pays sans oser la revoir.

Trop risqué. Il ne voulait surtout pas de complications.

Leur arrangement était parfait et il devait le rester. Ils avaient juste besoin tous les deux de mettre un peu de distance, le temps de bien prendre conscience des raisons pour lesquelles il valait mieux s'en tenir à un mariage blanc.

Alice caressait la main de sa mère, la gorge nouée. Pourquoi sa peau était-elle devenue aussi parcheminée ?

— Aujourd'hui j'ai acheté ma robe de mariée, maman.

Comme toujours, elle scruta le visage de sa mère à la recherche d'un signe suggérant que celle-ci entendait ce qu'elle lui disait.

— Elle est belle. Tu l'aimerais beaucoup. Ou peut-être que tu la détesterais, ajouta-t-elle d'un ton à la fois contrit et amusé.

La robe en question avait coûté une fortune, mais après avoir cherché l'inspiration sur Internet en étudiant des photos de mariages de « gens comme Thanos » – qui n'étaient pas si nombreux que ça – elle avait pris conscience qu'elle devait acheter quelque chose d'un peu plus luxueux que le modèle qu'elle avait repéré dans un grand magasin.

— Elle est très belle.

Belle ? Le mot était faible. C'était une création somptueuse qui sculptait sa poitrine de manière très flatteuse, puis soulignait sa taille avant de s'évaser dans une jupe de tulle digne d'une princesse de conte de fées. Très sage vue de devant et très sexy de dos. À tel point que sans l'insistance de la styliste Alice n'aurait pas osé l'essayer. Mais une fois dedans, elle s'était rendue à l'évidence. La styliste avait raison, elle était parfaite. Dos nu, cette robe était à la fois très seyante, très sexy et très élégante.

— J'aimerais tellement que tu puisses venir, dit-elle avec sincérité.

Dire que sa mère ne serait pas présente à son mariage… C'était difficile à imaginer. Mais à vrai dire, elle n'arrivait pas non plus à croire qu'elle allait se marier devant des centaines de personnes avec un homme qu'elle connaissait à peine et que la plupart des femmes rêvaient d'épouser.

Comme toujours depuis son attaque, Jane Smart restait

complètement immobile. Ce qui n'empêchait pas Alice de continuer à lui caresser la main. Elle avait la certitude, sans que rien ne le prouve, que sa mère savait qu'elle était là et que sa présence lui faisait du bien.

— Il n'est pas trop tard pour faire marche arrière, murmura Leonidas.

Thanos balaya du regard la grande tente blanche sous laquelle se pressaient quatre cents invités qui, bien qu'ayant été prévenus à la dernière minute, avaient fait le voyage jusqu'à l'arrière-pays provençal pour assister au mariage du célibataire le plus célèbre et le plus endurci d'Europe.

— Tu es Thanos Stathakis, poursuivit Leonidas. Tu peux tout te permettre.

Thanos secoua la tête. Non. Pas question. Presque deux semaines loin d'Alice lui avaient permis de se ressaisir. Ce mariage était un contrat et il n'y avait pas de raison qu'ils ne le respectent pas l'un et l'autre avec professionnalisme. Elle avait déjà travaillé pour lui pendant six mois. Elle allait continuer à le faire pendant un an. Son changement de statut n'était qu'un détail.

— Mon objectif, c'est de racheter Peto, rappela-t-il à Leonidas. Et c'est Alice qui va me le permettre.

— À ce propos, Kosta Carinedes est ici. Tu as vu ?

Thanos esquissa un sourire.

— Tout ça, c'est pour lui. Tu pensais que je n'allais pas l'inviter ? J'ai consacré beaucoup trop de temps à P & A pour la perdre.

— Après ça, j'imagine que c'est dans la poche.

— Espérons-le.

— Comment est-elle, au fait ?

Alice. Thanos plissa le front. Comment décrire son ex-assistante ? Efficace. Pragmatique. Raisonnable. Enfin, pas tant que ça. Il avait suffi de quelques heures de danse, d'un baiser furtif, et ils s'étaient embrasés tous les deux. Envahi par une chaleur intense à la perspective de voir sa presque épouse, Thanos eut beaucoup plus de mal qu'il ne l'aurait voulu à surmonter son trouble.

— Elle est… étonnante.

— Étonnante ? Elle a trois têtes ?

Thanos eut un sourire factice.

— Je veux dire qu'elle n'est pas mon genre.

— Naturellement. Mais le mariage n'est pas ton genre non plus, n'est-ce pas ?

— Non, en effet.

— Mais elle te plaît quand même, c'est ça ?

Thanos secoua la tête avec énergie.

— C'est juste un arrangement.

— Tu es sûr ?

— Absolument. Dès que j'aurai signé le contrat pour P & A, ce mariage sera terminé et je ne reverrai sans doute plus jamais ma « femme ».

— Et elle est d'accord ?

— D'accord ? Elle est ravie. Comme moi. C'est l'accord que nous avons conclu.

Un accord qu'ils n'avaient aucune raison de ne pas respecter. Thanos afficha un sourire serein qui ne reflétait pas exactement son état d'esprit.

Les onze musiciens de l'orchestre de chambre auquel on avait demandé de jouer avant la cérémonie conclurent leur morceau, et le silence se fit sous la tente. Il ne dura que quelques instants, puis retentirent les premières notes de la marche nuptiale.

Se raidissant instinctivement, Thanos tourna le regard vers l'entrée. Il était censé être amoureux, se rappela-t-il. Il était censé attendre avec impatience l'apparition de la femme de sa vie. Il arbora un air qu'il espérait approprié tout en s'efforçant d'ignorer l'impatience réelle manifestée par son corps.

Dès qu'Alice apparut, il eut beaucoup de mal à masquer sa véritable réaction. Plusieurs choses le frappèrent simultanément.

Elle arrivait seule. Ça, il s'y attendait. Il savait que

sa mère était clouée au lit. Par ailleurs, Leonidas ayant insisté pour qu'il prenne quelques renseignements sur elle, il avait découvert que son père était un mystère. Son nom n'était pas mentionné sur son extrait de naissance et personne n'avait partagé l'autorité parentale avec sa mère quand Alice était enfant. Il ne s'attendait donc pas à ce quelqu'un l'accompagne. Et pourtant, la voir avancer seule déclenchait en lui une émotion étrange. Elle était seule. Comme lui.

Ils étaient nés seuls, ils mourraient seuls, et ils se mariaient seuls.

Mais, s'il avait un peu de mal à respirer, ce n'était pas uniquement à cause de ça. Un autre détail était frappant. Elle ressemblait très peu à l'assistante raisonnable à laquelle il avait proposé de l'épouser.

Comme lors de la soirée au club, Alice Smart avait subi une métamorphose. Aujourd'hui, elle était moins séductrice que princesse. La robe était spectaculaire, mais il soupçonnait que celle-ci le laisserait indifférent sur un cintre ou sur une autre femme. Alors que portée par Alice… C'était un écrin qui mettait son corps sublime en valeur. Il mourait d'envie de sentir sous ses mains le tissu et ce qu'il enveloppait.

Et puis il y avait le voile. En tulle brodé de fleurs discrètes et bordé de dentelle, il lui donnait l'air d'une créature éthérée, faisant presque oublier le côté sexy de la robe. Deux grappes de petits diamants incrustés à chacune de ses extrémités lui apportaient une touche de raffinement supplémentaire. Fasciné, Thanos était en proie à un mélange d'émotion et de désir tout à fait importun.

— Hello.

La nervosité qui perçait dans la voix douce d'Alice lui donna des remords. Quel égoïste ! Il ne pensait qu'à la dévorer des yeux alors qu'elle devait être morte de trac. Bien sûr, ce n'était pas un vrai mariage, mais ça ne changeait rien au fait que des centaines d'invités prestigieux étaient venus du monde entier pour les voir se dire « oui », que des hélicoptères de la télévision survolaient le parc et que des dizaines de journalistes campaient au bout de la route privée conduisant à sa résidence hôtelière.

Ça ne changeait rien au fait que c'était le jour de son mariage et qu'elle était complètement en dehors de sa zone de confort. Comme lui, à vrai dire. Mais lui, il avait voulu ce mariage pour atteindre un objectif bien précis.

Avec un sourire qu'il espérait rassurant, il tendit la main à Alice. Elle la prit avec des doigts tremblants et il la pressa dans un geste apaisant.

— Tu es prête à jouer ton rôle ? murmura-t-il en se penchant vers elle.

Elle leva les yeux vers lui comme à la sortie du club et hocha la tête. Sans ciller. Pourtant, elle n'en menait sans doute pas large.

La cérémonie fut brève. Juste l'échange de consentements, les formules consacrées, puis l'invitation à embrasser la mariée. Son épouse.

Thanos se tourna vers Alice. Ce mariage n'était peut-être pas une bonne idée, mais il était trop tard pour changer quoi que ce soit. Et il fallait penser aux invités qui les regardaient. À un invité en particulier. Il glissa un bras autour de la taille d'Alice et l'attira près de lui en murmurant :

— Le spectacle commence, madame Stathakis.

Il avait parlé d'un ton léger, mais il n'y avait rien de léger dans les sensations qui l'assaillaient. Il eut juste le temps de voir les yeux d'Alice s'écarquiller avant de l'embrasser.

C'était une comédie. Un rôle qu'ils jouaient pour Kosta Carinedes et les quatre cents autres personnes qui avaient les yeux fixés sur eux. Thanos eut beau se le répéter, il captura la bouche d'Alice comme s'il reprenait là où ils en étaient restés à la sortie du club. Il l'embrassa comme s'il n'y avait personne d'autre sous la tente. Il l'embrassa avec toute la passion qui s'était allumée entre eux depuis l'instant où il avait pénétré dans son bureau de New York et où il s'était retrouvé face à la femme qui avait réorganisé sa vie et satisfait toutes les demandes qu'il lui avait adressées.

Il referma les bras sur son dos et laissa échapper un grognement étouffé en sentant sa peau nue sous ses doigts. Il la serra contre lui à l'étouffer et approfondit son baiser tout en se disant qu'il devrait l'interrompre, s'arracher à ses lèvres, mettre un peu de distance entre eux. Il était sur le point de s'y résigner à contrecœur quand elle pressa son bassin contre le sien, ondulant doucement des hanches comme sur la piste de danse du club. Il fut submergé par une vague de désir qui lui coupa le souffle. C'était trop. Trop fort. Il fallait qu'il se ressaisisse. Qu'il reprenne le contrôle de la situation.

Mais c'était si bon. Si parfait.

Comment résister à l'envie de prolonger cette étreinte ? Encore un peu… D'autant plus que, si Kosta Carinedes avait des doutes au sujet de ce mariage précipité, cela ne pourrait qu'aider à les dissiper à la vitesse grand V. Satisfait de cet alibi, Thanos s'abandonna sans réserve à ce baiser qu'Alice lui rendait avec une passion égale à la sienne.

— Vous avez travaillé pour lui, n'est-ce pas ?

Dans la salle de bal de l'hôtel Stathakis, où la réception battait son plein, les invités étaient deux fois plus nombreux qu'à la cérémonie. Le champagne coulait à flots et les hors-d'œuvre étaient somptueux. Alice se détourna de l'énorme bar à huîtres pour regarder la femme qui venait de lui demander comment elle avait rencontré Thanos. Grande, blonde, maigre comme un clou, robe haute couture, et bien sûr, maquillage, manucure et brushing impeccables.

— Oui, répondit-elle en masquant son embarras sous ce regard glacial.

Elle ne prit pas la peine de sourire. Inutile de fréquenter les mêmes cercles que ce genre de femmes pour savoir ce qu'elles pensaient d'elle. Leurs regards étaient suffisamment éloquents. Pour elles, elle était une intruse. Une usurpatrice qui leur avait dérobé un trophée convoité.

Le regard d'Alice parcourut la foule à la recherche de Thanos. Elle avait beau se répéter que ce mariage n'était qu'un emploi comme un autre, son cœur fit un petit bond dans sa poitrine quand elle le vit. Plus séduisant qu'il ne l'avait jamais été, il dansait. Mais pas avec n'importe qui. Sa cavalière n'était pas l'une des nombreuses femmes sophistiquées prêtes à tout pour attirer son attention. Il tenait dans ses bras une petite fille et il tournoyait autour de la piste, un sourire ravi aux lèvres, tandis qu'elle se cramponnait à lui en riant. Dans l'après-midi, Alice avait fait la connaissance d'Hannah, la femme de Leonidas, et d'Isabella, la fille du couple, âgée de dix-huit mois. Elle n'avait jamais vraiment pensé à Thanos comme à un homme ayant une famille, même si elle savait que son père était en prison et que son frère était son associé à la tête de Stathakis Corporation.

En compagnie de Leonidas, d'Hannah et d'Isabella, Thanos lui apparaissait sous un autre jour. Il semblait plus humain. Ce qui était très dangereux. Ça lui donnait envie d'en savoir plus à son sujet. De lui poser des questions sur son enfance, sur ses relations avec son frère et sa belle-sœur. D'apprendre autre chose sur son père que ce qu'elle pouvait lire sur Internet. Elle aurait aimé savoir ce qu'il avait ressenti quand ce dernier avait été condamné. Comment il avait vécu cette épreuve.

Il était beaucoup plus confortable de le considérer comme un simple homme d'affaires milliardaire – brillant, arrogant et farouchement déterminé. Elle préférerait continuer à l'envisager comme le « prince des play-boys d'Europe », un individu qui avait la réputation de changer de maîtresse comme de chemise.

Le voir jouer avec une petite fille révélait un autre aspect de sa personnalité. Un aspect qu'elle n'était pas sûre d'avoir envie de connaître. Trop risqué…

— C'est curieux, dit la blonde. Je l'ai vu il y a quelques semaines et il ne m'a pas parlé de vous.

— Ça ne me surprend pas, murmura Alice.

Que dire d'autre ?

— Vous devez être enceinte… Ça expliquerait tout.

— Si c'est le cas, je ne suis pas encore au courant.

— Je trouve juste bizarre qu'il n'ait jamais parlé de vous.

L'estomac d'Alice se noua. Après tout, la perplexité de cette femme était compréhensible. Ce mariage avait été une grande surprise. Pour tout le monde.

— Nous voulions rester discrets, murmura-t-elle. Les médias peuvent être très envahissants.

— À qui le dites-vous ! Mais on finit par s'y habituer. Plus ou moins.

Alice hocha la tête pour la forme. En réalité, elle n'aurait pas besoin de s'y habituer. Du moins pas longtemps. Ce mariage prendrait rapidement fin et elle retournerait à sa vraie vie. Elle redeviendrait elle-même. À un détail près, puisqu'elle serait millionnaire.

Thanos tourna la tête et leurs regards se croisèrent. Son cœur fit un bond dans sa poitrine et elle eut l'impression d'être emportée par un courant irrésistible. Pour l'instant, elle n'était plus du tout elle-même… Elle perdait tous ses repères, jour après jour.

— Il faudra venir avec nous la prochaine fois que nous sortirons en voilier.

— Ah ? fit Alice distraitement.

Elle était incapable de détacher son regard de Thanos. Il n'avait pas détourné les yeux et une force irréfrénable l'attirait vers la piste de danse. Vers son mari.

— Nous sommes tout un groupe et nous naviguons ensemble plusieurs fois par an. C'est très agréable. Champagne. Soleil…

— Ça doit être agréable, oui…

Serait-elle encore dans le circuit au moment de la prochaine sortie ? Cette question effleura l'esprit d'Alice mais elle ne s'y attarda pas. Rien d'autre n'existait que le présent et ce regard de Thanos qui ne quittait pas le sien.

— Thanos est vraiment un beau parti, vous savez, dit la blonde avec un petit sourire.

Alice hocha la tête. Sans doute. Pour quelqu'un d'autre. Cette pensée la ramena brutalement à la réalité.

Pas pour elle.

Il ne serait jamais vraiment son mari.

Il avait joué cartes sur table. Ce n'était qu'un arrangement. Rien de personnel entre eux. Il ne voulait pas que ce mariage sorte du cadre du contrat qu'ils avaient conclu.

S'ils étaient attirés l'un par l'autre, c'était un phénomène qui devait rester sous contrôle.

Et ce n'était pas seulement la volonté de Thanos. Sa mère lui avait appris la prudence, et la seule fois où elle avait baissé sa garde, son cœur avait été réduit en miettes. Elle ne pourrait jamais plus accorder sa confiance à un homme.

Thanos lui fit signe de le rejoindre. Elle inspira profondément. C'était juste une comédie. Un spectacle, comme il l'avait dit pendant la cérémonie. Il fallait qu'elle joue son rôle.

— Excusez-moi, dit-elle à la jeune femme blonde avec un vague sourire. Je vais danser avec mon mari.

6.

Danser avec elle était aussi troublant que lors de la soirée au club. Encore plus, même. Parce qu'à présent Alice était sa femme. Mme Stathakis. Et il avait eu beau se jurer pendant des années qu'il ne serait jamais assez stupide pour se marier, il sentait son cœur se gonfler bizarrement quand il pensait à Alice en ces termes. Son corps était souple contre le sien et la peau de son dos soyeuse sous ses doigts.

— Tu connais vraiment tous ces gens ? demanda-t-elle.

— La plupart. Pourquoi ?

— Ils sont si nombreux. C'est un peu… trop.

— Seuls quelques-uns sont des amis proches.

— Les autres sont des relations d'affaires ?

— Certains, oui. D'autres sont des gens avec lesquels je sors de temps en temps.

— Mais avec qui tu n'es pas réellement ami ?

— Quelle est ta définition d'un ami ?

— Quelqu'un qu'on peut appeler à n'importe quelle heure du jour ou de la nuit quand on a besoin de soutien.

— Alors je n'en ai qu'un. Mon frère, Leonidas.

— C'est de la triche !

— Vraiment ? répliqua-t-il en riant.

— Oui. Et je ne peux pas rivaliser avec toi parce que je n'ai ni frères ni sœurs. Donc ce n'est pas juste.

— Pourquoi n'as-tu invité aucun de tes amis ?

— Je n'en ai pas réellement.

— Pourquoi ? demanda-t-il, intrigué.

— C'est compliqué.

— N'oublie pas que je suis ton mari.

— Seulement sur le papier.

— Ah, c'est vrai. Mais dis-moi quand même. Les amis ?

Elle soupira.

— Nous déménagions souvent pendant mon enfance puis mon adolescence. Le temps que je me fasse des amis, nous repartions déjà.

Elle eut une moue résignée.

— Au travail, c'est la même chose. Étant intérimaire, je ne reste jamais très longtemps au même endroit. Et quand par hasard ça m'arrive et que je rencontre quelqu'un avec qui je m'entends bien, je peux rarement sortir parce que je passe beaucoup de temps à m'occuper de ma mère.

Thanos n'était pas né avec une cuillère en argent dans la bouche. Certes par la suite il avait grandi dans le luxe, mais il avait également traversé des épreuves difficiles. Cependant, il lui semblait que rien de ce qu'il avait vécu n'était comparable à la solitude terrible qu'avait connue Alice.

— À vingt-quatre ans, je n'ai pas les mêmes loisirs que les gens de mon âge. Je ne peux pas me le permettre.

Elle haussa les épaules.

— Je ne savais pas qui inviter.

— Je suis désolé.

— Non, il ne faut pas, dit-elle avec un sourire tremblant. Tu peux être désolé pour moi parce que mon père n'a jamais eu envie de me connaître, ou parce que ma mère est dans le coma, ou encore parce que je croulais sous les dettes jusqu'à ce que tu règles le problème. Mais je peux vivre sans amis.

Songeur, Thanos ralentit le rythme de leur danse. Au fond, ils étaient semblables. Aussi farouchement indépendants l'un que l'autre.

— Je suis désolé pour tout ça également, répliqua-t-il en l'enveloppant d'un regard plein de compassion.

Mais elle sourit, et même si son sourire n'était pas radieux, il éclaira son visage.

— C'est notre mariage, rappela-t-elle. Nous devrions avoir l'air heureux, pas lugubre.

L'arrivée de Kosta Carinedes interrompit la conversation. Après avoir brièvement salué Thanos, ce dernier se tourna vers Alice avec un intérêt manifeste.

— Mademoiselle Smart.

— Madame Stathakis, rectifia-t-elle aussitôt en levant les yeux vers Thanos avec un sourire qui imitait à la perfection celui d'une femme éperdument amoureuse.

— Bien sûr, répliqua Kosta en les regardant tour à tour avec une perplexité évidente.

— Nous sommes très heureux que vous ayez pu vous joindre à nous, poursuivit Alice d'une voix chaleureuse digne d'une grande comédienne. J'avoue que j'avais mauvaise conscience l'autre jour quand vous êtes venu au bureau et que nous ne vous avons rien dit.

— Vous étiez déjà… un couple ?

Alice arqua les sourcils d'un air malicieux.

— Bien sûr. Nous venons de nous marier, non ?

Tout en caressant le dos d'Alice sans en avoir conscience, Thanos intervint.

— Nous voulions garder le secret aussi longtemps que possible. Pour nous préserver des médias.

— Naturellement. Et depuis combien de temps êtes-vous ensemble ? insista Kosta.

Serrant les dents, Thanos s'exhorta au calme.

— J'ai l'impression que le jour où j'ai vu Alice pour la première fois et où elle m'a dérobé mon cœur est déjà très loin.

— Je comprends vos inquiétudes au sujet de mon mari, monsieur Carinedes, déclara Alice. Mais il ne faut pas oublier que les médias sont capables de raconter n'importe quoi.

— C'est exact. Vous partez en voyage de noces ?

Thanos sentit la surprise d'Alice quand il hocha la tête.

— C'est la coutume, non ?

— Bien sûr. Et où allez-vous ?

Thanos se tourna vers Alice en souriant.

— C'est une surprise pour mon épouse.

— Ah.

Kosta eut le premier sourire franc que Thanos lui voyait depuis longtemps.

— Eh bien, à votre retour, pourquoi ne viendriez-vous pas passer une soirée avec moi à Port D'Angelo ?

— Port D'Angelo ? répéta Alice.

— Une petite ville sur la côte sud de Kalatheros. C'est là que je vis. Venez voir la mer, manger du *galaktoboureko* et boire du vin. Je serais enchanté de faire plus ample connaissance avec vous, Alice.

Thanos sourit sans être dupe. Cette soirée serait pour Kosta l'occasion de s'assurer de l'authenticité de leur mariage. Comment lui en vouloir d'être prudent ? Après tout, ses soupçons étaient justifiés…

Alice sourit avec un naturel confondant.

— J'en serais ravie. N'est-ce pas, Thanos ?

— Nous irons dès que possible.

Thanos entra dans la salle de bains du penthouse de l'hôtel et tomba en arrêt devant la robe de mariée, pendue sur un cintre à côté de la cabine de douche. Les images qu'il gardait d'Alice dans cette robe étaient déjà une torture, mais l'imaginer *sans* la robe… Il effleura le corsage de dentelle comme il en avait eu envie toute la journée, et réprima un grognement de frustration. Il s'aspergea le visage, puis il déboutonna sa chemise et la jeta par terre d'un geste rageur. Les mains crispées sur le lavabo, il se regarda dans le miroir. À la vue de son alliance, il ferma les yeux. Il était marié. Une bouffée de panique lui coupa le souffle. Marié. Ce qu'il s'était juré de ne jamais être. Il inspira profondément. Ce mariage n'en était pas vraiment un. Seul comptait l'objectif final. Peto. Peu importait si le choix de la mariée était moins judicieux que prévu. Dire qu'il pensait avoir trouvé en Alice Smart une épouse appropriée parce qu'il ne remarquerait pas sa présence… Quelle erreur ! Elle représentait une tentation permanente. Le bref baiser qu'ils avaient échangé à la sortie du club avait été redoutable mais il avait réussi à en contrôler les effets. Le baiser d'aujourd'hui, à la fin de la cérémonie ? Il l'avait rendu fou. À tel point que plusieurs heures après, il ne pensait qu'à une chose. L'embrasser encore et aller jusqu'au bout de leur passion.

Un bruit attira l'attention de Thanos et il sortit de la salle de bains. Alice remplissait la bouilloire dans la cuisine. Il sentit son désir s'intensifier. Même démaquillée, les cheveux lâchés, vêtue d'un T-shirt et d'un pantalon de yoga, elle était sublime…

Elle leva les yeux et le regarda d'un air surpris.

— Je ne savais pas que tu étais ici.

Ce baiser… Il ne s'attendait pas à ce qu'elle y réponde avec une telle ardeur. Et à présent, il avait l'impression d'être au bord d'un précipice. Il pouvait choisir la raison et rester en retrait, en sécurité, ou plonger dans la folie. Beaucoup plus dangereuse, mais infiniment plus exaltante.

— J'allais me coucher, poursuivit-elle. Avec une tasse de thé. Et un livre.

Elle respirait rapidement. Sa poitrine se soulevait en rythme et ses seins saillaient sous le fin coton de son T-shirt. Il suffirait de tendre les mains pour les refermer dessus… Non. Pas question. Il allait juste attendre qu'elle fasse son thé et qu'elle s'en aille. Une fois que l'eau fut chaude, elle remplit sa tasse. Mais elle ne quitta pas la cuisine. Elle resta là où elle était, les yeux fixés sur lui.

— Alors… un voyage de noces ? dit-elle avant de boire une gorgée de thé.

Son alliance brillait à son doigt.

— N'est-ce pas la tradition ?

— Pour les vrais couples, oui.

— Justement, il faut que ce mariage paraisse réel. Aux

yeux du monde, nous devons mener la vie d'un couple de jeunes mariés amoureux.

— Alors c'est pour Kosta ?

Pourquoi avait-il envie de le nier ?

— Oui, *agape*.

— Cette entreprise…

— Peto.

— Apparemment, elle est très importante pour toi.

— Oui.

— Pourtant tu en as des tas d'autres.

— Elle appartenait à mon grand-père.

Alice inclina la tête sur le côté. Signe qu'elle réfléchissait. Thanos le savait mais son regard fut irrésistiblement attiré par son cou délicat à la peau crémeuse. Son désir monta encore d'un cran. Était-ce un effet de son imagination ou bien l'atmosphère était-elle soudain électrique ? Il fallait qu'il se ressaisisse.

— Il avait beaucoup d'entreprises, lui aussi ?

— Oui. Mais aucune comme Peto.

— Pourquoi ?

— Il la tenait de son père et c'était sa préférée. Quand je suis arrivé chez Dion, notre grand-père passait beaucoup de temps avec nous. Avec moi. Je pense qu'il voyait peut-être ce que personne d'autre ne voyait.

— Quoi donc ?

— J'étais seul. Complètement seul. Et terrifié.

— Toi ?

Le ton d'Alice était malicieux, mais son regard était plein de compassion et elle posa la main sur son torse, à l'emplacement du cœur.

— Tu n'as sûrement jamais eu peur de rien.

— Seuls les imbéciles ignorent la peur.

Elle se mordit la lèvre.

— C'est très vrai.

Il posa la main sur sa main et plongea son regard dans le sien. Allait-elle s'écarter ? Mettre fin à ce moment ? Elle ne bougea pas. Il sentit les battements de son cœur s'accélérer. Se rapprochant d'elle jusqu'à ce que leurs corps se touchent, il lui enleva la tasse des mains et la posa sur le comptoir.

— Tu allais te coucher.

Disait-il ça pour lui suggérer de s'en aller ou bien pour qu'elle l'invite à se joindre à elle ? À vrai dire, il ne savait pas…

Elle hocha la tête. Puis elle se mit sur la pointe des pieds et la pression de ses seins contre son torse faillit lui faire perdre le peu de sang-froid qui lui restait. La soulever sur le comptoir et lui faire l'amour avec fougue, là, tout de suite… Il en mourait d'envie mais ce serait malvenu. Ne s'était-il pas juré que leur mariage resterait chaste ? Mais après tout, même s'ils devaient succomber à la tentation, ils savaient l'un et l'autre à quoi s'en tenir. Leur mariage était un arrangement provisoire. Quoi qu'il se passe entre eux, les conditions de leur accord ne changeraient pas.

— Comment ton grand-père t'a-t-il aidé ?

Surpris par cette question, il l'ignora. Il n'avait plus envie de penser à sa famille. Ni d'en parler. Tout ce qui l'intéressait, c'était l'instant présent et la femme qui était pressée contre lui… Sa raison lui intima de tout arrêter. Mais il était beaucoup plus facile et plus agréable d'obéir à ses impulsions. La main d'Alice se promena sur son torse. Il ferma les yeux et inspira profondément, humant son parfum délicat.

— Thanos ?

Il rouvrit les yeux et la regarda avec une pointe de remords. Ce n'était pas censé se passer comme ça. Ce qui était prévu, c'était un mariage blanc, sans complications. Certes. Mais à présent il avait envie de changer les règles du jeu. Et il avait besoin de son accord.

— Je sais que nous nous étions mis d'accord sur une union platonique…

Il referma la main sur sa hanche et souleva légèrement son T-shirt pour sentir sa peau. Elle baissa les paupières et ses cils dessinèrent deux croissants noirs sur la peau pâle de ses joues.

— C'est vrai, dit-elle d'une voix étranglée.

Il posa la main sur sa joue.

— Ça ne paraît pas en prendre le chemin.

Il effleura ses lèvres du bout du pouce, torturé par l'attente.

— Mais je ne cherche pas une véritable relation, ajouta-t-il.

Elle cilla imperceptiblement, mais elle resta silencieuse.

— Je ne mens jamais à ce sujet. Je n'ai pas envie de donner de faux espoirs.

Elle s'humecta les lèvres, aggravant son supplice.

— Rien de ce qui peut se passer entre nous ne changera ce que j'attends de toi. Notre mariage est un simulacre destiné à me permettre de récupérer une société que je considère comme la mienne. Rien de plus.

Elle hocha lentement la tête sans tenter de s'écarter de lui.

— Mais, *agape mou*, je suis fou de désir pour toi et je ne pense qu'à une chose. T'emmener dans mon lit. Juste pour cette nuit. Juste une fois.

Un son étranglé s'échappa de la gorge d'Alice. Acquiescement ? Sans doute. Mais il fallait en être sûr. Il la lâcha et plongea son regard dans le sien, vibrant d'impatience.

— Dis-moi que tu as envie de la même chose que moi.

Dans le silence qui suivit, il attendit, de plus en plus fiévreux.

— Juste cette nuit, prononça-t-elle d'une voix mal assurée.

Puis, avant qu'il ait le temps de dire quoi que ce soit, elle le réduisit au silence en posant un doigt sur ses lèvres.

— Une nuit, sans engagement, sans questions, sans promesses.

Puis elle sourit et le regarda comme s'il était tout ce qu'elle attendait depuis toujours. Et, pour cette nuit, c'était exactement ce qu'il avait envie d'être.

7.

Les mains de Thanos remontèrent lentement le long de ses bras et Alice fut parcourue par mille petits frissons délicieux. Il les referma sur ses épaules, effleurant de ses pouces la base de son cou. Envahie par une douce chaleur, elle retint son souffle, incapable de détacher son regard du sien qui semblait lire en elle comme dans un livre ouvert.

Longtemps elle avait cru qu'elle était immunisée contre le désir, depuis Clinton. Quelle erreur…

— Tu trembles, murmura-t-il en remontant son T-shirt de plus en plus haut.

— Je sais…

Quand ses paumes effleurèrent les pointes de ses seins, elle gémit doucement. Il lui enleva le T-shirt, le laissa tomber par terre et referma les mains sur ses seins en capturant sa bouche dans un baiser langoureux.

Le feu qui couvait en elle se mua en brasier incontrôlable. Elle se hissa sur le comptoir et noua les jambes autour de sa taille tout en couvrant son torse et son dos de caresses fébriles.

— Je ne m'attendais pas à ça, murmura-t-elle contre ses lèvres.

Mais était-ce bien vrai ? se demanda-t-elle aussitôt. N'avait-elle pas été attirée par lui dès l'instant où elle l'avait vu au bureau pour la première fois ? Pour toute réponse, il approfondit son baiser avec fougue en enfonçant les doigts dans ses cheveux. Au comble de l'excitation, elle resserra les jambes autour de sa taille et pressa son bassin contre le sien. Il plongea les mains sous l'élastique de son pantalon de yoga, referma les mains sur ses fesses et la souleva du comptoir. Il la porta à travers le salon jusqu'à un grand canapé en cuir, sur lequel il l'allongea. Il lui enleva son pantalon avec des gestes vifs, puis se débarrassa du sien avec la même hâte. L'éclat de son regard fixé sur elle attisa son désir. Il n'y avait pas de place en elle pour l'embarras ni le doute. Rien d'autre ne comptait que le besoin impérieux de s'unir à lui. Dès qu'il la rejoignit, elle creusa les reins pour mieux l'accueillir et il plongea en elle avec une impatience égale à la sienne. Elle poussa un gémissement extatique. C'était *ça* qu'elle attendait de la vie depuis toujours…

Emportée dans un tourbillon de passion, elle renversa la tête en arrière tandis qu'il refermait la bouche sur la pointe d'un sein, lui arrachant un nouveau gémissement. Le rythme de leur danse lascive s'accéléra encore et encore. La bouche de Thanos quitta son sein mais ses doigts trouvèrent son clitoris et elle crut devenir folle. Jamais elle n'avait éprouvé des sensations aussi inouïes… Jamais… Lorsque la vague ultime la submergea, elle cria son nom sans avoir conscience qu'il s'immobilisait, les yeux fixés sur son visage altéré par le plaisir. Quand elle commença à retrouver son souffle, il l'entraîna dans un nouveau tour de danse et raviva son désir, qu'elle croyait assouvi pour un long moment. Comment pouvait-il l'enflammer une nouvelle fois aussi vite ? Cette pensée fut rapidement balayée par la passion qui s'emparait de nouveau d'elle.

Il lui parla en grec. Des mots prononcés à mi-voix, des mots qu'elle ne comprit pas mais qui attisèrent encore son désir. Cette fois, lorsqu'elle bascula dans le gouffre sans fond de la jouissance, il la suivit aussitôt. Elle se cramponna à lui comme si sa vie en dépendait. Malgré la brume de plaisir qui obscurcissait son esprit, elle avait conscience de vivre un instant exceptionnel. Ils étaient ensemble. Juste pour cette nuit.

Savourant la douceur des draps de soie contre sa peau, Alice s'étira dans le lit et sourit à Thanos. Lorsqu'ils avaient retrouvé leurs esprits après avoir fait l'amour sur le canapé, il l'avait portée jusqu'à cette somptueuse chambre où il avait continué à la combler. Mais cette fois il avait pris le temps d'explorer son corps et il l'avait encouragée à explorer le sien. Elle ne s'était pas fait prier, grisée par la découverte de sa sensualité et anxieuse de donner autant que de recevoir.

À présent l'aube approchait, mais elle n'était pas fatiguée. Elle effleura le torse de Thanos en suivant des yeux le mouvement de ses doigts sur sa peau hâlée. Elle se redressa sur un coude pour mieux le voir.

— Tu sais, tu es très, très doué pour... ça.

Elle fit glisser ses doigts plus bas sur son ventre.

— Mon ego est très flatté que tu penses ça.

Elle sourit.

— Je ne savais pas que ça pouvait être aussi... *waouh !*

— Waouh ? répéta-t-il avec un sourire amusé.

— Aussi enivrant.

— Ah.

Il plissa le front.

— Et c'est... différent pour toi ?

Elle fit glisser ses doigts encore plus bas et effleura la base de son sexe en érection. Il étouffa un gémissement qui la combla de joie.

— Je n'ai pas beaucoup d'expérience.

— Et tu n'avais jamais trouvé ça « enivrant », jusqu'à présent ?

Embarrassée, elle se mordit la lèvre.

— Je n'avais couché qu'avec un seul homme. Une fois.

— Tu n'avais eu qu'une seule expérience ?

— Oui, mais maintenant je suis beaucoup plus expérimentée, plaisanta-t-elle.

Mais, devant l'air incrédule de Thanos, elle redevint sérieuse.

— Je sais que ça peut sembler ridicule à quelqu'un

comme toi. Mais ce n'était pas une expérience… fantastique. Ça ne m'a pas donné envie de recommencer aussitôt.

Il saisit sa main sous le drap et l'écarta de son sexe.

— Je n'arrive pas à réfléchir quand tu fais ça.

Il porta sa main à ses lèvres et déposa un baiser sur ses doigts avant d'ajouter :

— Je veux que tu m'expliques.

Sous l'intensité de son regard, elle baissa les yeux.

— Il n'y a pas grand-chose à expliquer. J'ai retenu la leçon.

— Quelle leçon ?

— Qu'il ne faut pas faire confiance aux hommes séduisants qui vous promettent monts et merveilles.

Elle sourit pour compenser le fait qu'elle avait parlé d'un ton moins léger qu'elle ne l'aurait voulu, mais Thanos ne lui rendit pas son sourire. Il continua de la fixer intensément, attendant visiblement qu'elle développe.

— C'est drôle. Toute ma vie, ma mère m'a répété qu'il ne fallait pas faire confiance aux hommes. Ce n'était pas de sa faute. Mon père lui a joué un très mauvais tour et nous en avons subi toutes les deux les conséquences pendant longtemps.

— Qu'a-t-il fait ?

Elle secoua la tête.

— C'est une longue histoire. En résumé, il lui a brisé le cœur et elle a voulu que je grandisse en sachant que le prince charmant n'existe pas. Elle essayait de me protéger et je pense qu'elle avait raison. Mais un jour j'ai rencontré Clinton. Je suis tombée follement amoureuse de lui et j'ai oublié toutes les mises en garde que j'avais entendues pendant des années.

— Il avait ton âge ?

— Quelques années de plus. Vingt ans, ce qui pour une adolescente de seize ans très impressionnable était un attrait supplémentaire.

Elle secoua la tête avec incrédulité.

— Ce que j'ai pu être stupide…

— Tu avais seize ans ? Que s'est-il passé ?

— J'ai couché avec lui et j'ai cru que c'était le début d'une histoire fabuleuse.

— Mais ça n'a pas été le cas ?

Elle secoua la tête.

— Qu'est-il arrivé ? Il t'a laissée tomber tout de suite après avoir couché avec toi ?

Elle ferma brièvement les yeux.

— Plus ou moins.

— C'est-à-dire ?

— Oh ! il a été odieux. Il a raconté à tous ses copains qu'il avait été mon premier amant et que je n'étais pas… douée. Je croyais que je l'aimais et il… Ça a été une expérience horrible.

— Les hommes de ce genre essaient de compenser leurs propres déficiences, commenta Thanos d'un ton méprisant.

— Sans aucun doute.

— Tu es douée au contraire.

Elle ne s'attendait tellement pas à ce commentaire qu'elle pouffa. Mais le regard intense de Thanos fit courir des frissons dans tout son corps.

— De toute façon, ça fait une éternité. Aujourd'hui je ne suis plus la même. J'ai retenu la leçon.

— Et quelle est cette leçon, *Kyria* Stathakis ?

— Je ne serai plus jamais aussi stupide.

Le désir qui flottait dans l'air était de plus en plus palpable. Pour masquer la vulnérabilité qu'elle ressentait et qui ne lui plaisait pas, elle libéra sa main, toujours prisonnière de celle de Thanos. Puis elle la fit de nouveau descendre le long de son torse en plongeant dans le sien un regard de défi.

— Je n'aurais pas couché avec toi cette nuit si les choses n'étaient pas tout à fait claires entre nous.

Il resta immobile, silencieux.

— J'apprécie ton honnêteté. J'apprécie le fait que nous sachions l'un et l'autre que ce mariage n'en est pas vraiment un et qu'il ne durera pas. J'ai appris à ne faire confiance à personne, mais j'ai confiance en toi, Thanos.

Elle glissa la main sous le drap et la referma sur son sexe durci.

Les paroles d'Alice troublèrent presque autant Thanos que le contact de ses doigts autour de son sexe. Quelqu'un lui avait-il déjà dit ça ? Il n'en avait pas le souvenir…

— Pourquoi ? demanda-t-il en s'efforçant de conserver un semblant de lucidité malgré le désir qui lui brouillait l'esprit.

— Parce que tu ne fais pas de promesses, répondit-elle en rabattant le drap. Tu as été honnête avec moi dès le départ. Et si je te crois, c'est parce que rien de ce que tu m'as dit n'avait pour but de m'attirer dans ton lit.

Plongeant son regard dans le sien, elle se pencha en avant.

— Je suis ici parce que je le veux.

Ce furent ses derniers mots avant qu'elle ne referme les lèvres sur son sexe. Il perdit aussitôt ses dernières bribes de lucidité.

Alors que le jour se levait sur la mer et les vignes, Thanos sortit de son lit, contemplant un instant Alice endormie. Ses paupières en mouvement indiquaient qu'elle rêvait. De lui ? Il esquissa un sourire.

Ce dernier s'estompa quand il quitta la chambre pour le salon. À la vue du canapé, une flèche de désir le transperça. Quelle folie hier soir… Il avait été comme possédé. La passion sexuelle lui était pourtant familière. Il aimait les femmes et il ne s'en cachait pas. Alice avait raison. Il ne mentait jamais pour séduire une femme. Il ne laissait jamais espérer autre chose qu'une relation purement sexuelle. D'ailleurs, ses aventures duraient rarement plus d'une seule nuit. Le risque de faire souffrir une personne était beaucoup moins grand si on la prévenait qu'il ne fallait pas en attendre davantage. Jusque-là, ça lui avait réussi. Pas de complications. Pas de remords.

Mais cette fois c'était différent. Avec Alice, tout était différent. Jamais il n'avait éprouvé un désir aussi intense pour une femme. Et jamais il n'avait été aussi insatiable. Même après une nuit entière de passion, il avait encore envie d'elle. Une envie furieuse, désespérée. Mais le plus dangereux, c'était qu'il n'y avait pas d'échappatoire. Il ne pouvait pas lui donner un dernier baiser et s'envoler en hélicoptère vers d'autres aventures. Impossible de s'en aller avec l'intention de ne plus jamais la revoir.

Elle était son épouse. Et même si leur mariage n'était pas appelé à durer, pour l'instant ils étaient liés. Pour lui comme pour elle, il fallait qu'il prouve qu'il était capable de contrôler la passion qui les consumait. Celle-ci devait rester un plaisir à savourer, et non pas devenir un besoin irrépressible qui les dépasse.

8.

— Que s'est-il passé avec ton père ?

Thanos leva les yeux de son journal et rencontra le regard d'Alice, brillant de curiosité. Cette escapade était une mauvaise idée. Une très mauvaise idée. S'il voulait se prouver à lui-même qu'il était capable de contrôler leur passion, il n'aurait pas pu concevoir de projet plus téméraire. Comment avait-il pu suggérer ce tour des îles Baléares sur son yacht ?

Dès l'instant où Alice était apparue dans une robe bain de soleil vaporeuse, avec un chapeau à large bord, il avait eu un mal fou à se concentrer sur sa lecture. Plus que de l'admiration, il avait ressenti un certain amusement. Or quelque chose lui disait que c'était tout aussi dangereux. Elle avait apporté avec elle un sac plein de livres et une grande bouteille d'eau. Comme si elle ne savait pas que le yacht comportait une grande cuisine et qu'une armée d'employés étaient à leur disposition pour leur servir à boire et à manger.

Mais c'était quand elle avait enlevé sa robe qu'il avait vraiment compris son erreur. Contrôler son désir pour elle s'annonçait beaucoup plus difficile que prévu.

Alice Smart – non, Alice Stathakis – avait la peau la plus appétissante qu'il avait jamais vue. Crémeuse et légèrement dorée, elle était admirablement mise en valeur par un deux-pièces rouge vif. Les ongles de ses orteils étaient vernis de noir et elle avait tendance à les remuer pendant qu'elle lisait. Ce qu'il avait trouvé terriblement érotique. Il avait réprimé l'envie de lui demander ce qu'elle lisait. Si elle lisait souvent. Quel genre de livres elle lisait. Des tas de questions qu'il avait gardées pour lui parce qu'il semblait plus prudent de ne pas chercher à mieux la connaître. Et surtout d'éviter le plus possible de la regarder. Il serait trop tenté de lui arracher son maillot pour lui faire l'amour sur le pont sans se soucier de la présence éventuelle de drones à l'affût d'images croustillantes.

— Tu n'es pas obligé d'en parler si tu n'en as pas envie, reprit-elle, les joues en feu.

Il plissa le front. Que lui avait-elle demandé ?

— Je suppose que ça a été difficile pour toi quand il a été emprisonné, ajouta-t-elle avant de reporter son attention sur son livre.

Ses cheveux étaient attachés en une seule natte, dont le bout reposait sur son sein. Déglutissant péniblement, il détourna les yeux.

— Non, ça n'a pas été difficile, déclara-t-il, surpris lui-même par cet aveu.

Il parlait très rarement de Dion. Même avec Leonidas. Par un accord tacite, ils n'évoquaient jamais leur père et ses méfaits. Leonidas avait beaucoup plus de raisons que lui d'en vouloir à leur père, puisque sa première femme et son fils avaient été assassinés par un dément qui voulait se venger de Dion. Cependant, il le haïssait lui aussi de toute son âme.

— Vraiment ? dit-elle en posant son livre sur son ventre.

— Je regrette qu'il n'ait pas été condamné à perpétuité. Il m'est même arrivé de regretter qu'il n'ait pas été condamné à mort.

Un petit cri étouffé échappa à Alice.

— Tu trouves peut-être ça dur, mais il faut que tu comprennes les dégâts qu'il a causés. Les vies qu'il a gâchées.

— Les vies de qui ?

Il eut un rire sans joie.

— La mienne et celle de mon frère. Et il a également

détruit l'héritage de mes grands-parents. Il a tout détruit. Pas parce qu'il avait besoin d'argent, mais parce qu'il avait soif de pouvoir. Pas le genre de pouvoir qu'on détient quand on possède la moitié des hôtels d'Europe. Non, il voulait que les gens aient peur de lui. Il voulait qu'ils tremblent en le voyant entrer dans une pièce.

Il y eut un silence. Alice regrettait-elle d'avoir posé cette question ? se demanda-t-il. Mais au bout d'un moment, elle changea de position et se mit sur le côté pour mieux le voir. Malgré les mauvais souvenirs que cette conversation faisait resurgir, le regard de Thanos fut irrésistiblement attiré par le mouvement de ses seins. La bouffée de désir qui l'assaillit lui offrit un répit bienvenu.

— Tu avais peur de lui ?

— Non.

— Savais-tu qu'il était impliqué dans la Mafia ?

— Non.

Il tendit la main et effleura sa tresse.

— Et je ne dis pas ça pour esquiver la question.

— Je sais. Je suppose que ce n'est pas ton sujet de conversation favori.

— Je ne parle jamais de lui.

— Je ne voulais pas être indiscrète.

Curieusement, il n'avait pas éprouvé le sentiment qu'elle l'était, songea-t-il avec surprise.

— Pas de problème.

Il s'allongea sur le dos, les yeux fixés sur le ciel.

— Si nous voulons convaincre Kosta que j'ai changé et que notre mariage est sérieux, il est important de bien nous connaître. Nous ne pouvons pas savoir sur quoi portera la conversation à Kalatheros. Je n'avais pas peur de mon père, mais je n'éprouvais aucune affection pour lui. En fait, je me méfiais de lui.

— Tu te méfiais de ton père ?

La mâchoire crispée, Thanos hocha la tête.

— Il était… lunatique. Et je pense qu'il ne m'aimait pas non plus. Ce qui ne facilitait pas les relations.

— Ça devait être très dur de vivre avec ça.

Elle ne protestait pas, nota-t-il. N'importe qui d'autre lui aurait sans doute affirmé que si, bien sûr, son père l'aimait. Mais il n'était pas stupide. Les sentiments de son père à son égard avaient toujours été clairs.

— Leonidas n'a que trois mois de plus que moi. Quand ma mère m'a laissé sur le seuil de chez Dion, ça a provoqué la fin du mariage de mon père.

— Parce que tu étais…

— La preuve vivante qu'il avait trompé sa femme. Mais de toute façon, je suis sûr que la mère de Leonidas s'en était rendu compte bien avant mon arrivée. Ma mère n'était pas sa seule maîtresse.

Il jeta un coup d'œil à Alice. Curieusement, son air compatissant ne l'irrita pas. D'ordinaire il ne supportait pas la compassion, et encore moins la pitié. Même enfant, il détestait ça.

— Ce n'était pourtant pas toi qui étais responsable de l'échec de son mariage. Comment a-t-il pu t'en vouloir pour ça ? Ce n'était pas une raison pour ne pas t'aimer.

Il émit un petit rire de dérision.

— Il faut dire que j'étais un enfant insupportable.

Alice ne rit pas.

— Comment peux-tu dire ça ?

Il traça du bout du doigt le contour de ses lèvres.

— C'est la vérité. Même ma mère ne me supportait pas. La dernière chose qu'elle m'a dite avant de me laisser devant chez Dion – dont je n'avais jamais entendu parler jusque-là – c'était qu'elle n'en pouvait plus.

Devant l'air consterné d'Alice, il eut un pincement au cœur. Le mur derrière lequel il avait enfermé ces souvenirs était en train de se fissurer. En réaction, il arbora un sourire désinvolte.

— Je lui donnais vraiment du fil à retordre. Je ne lui en veux pas.

— Eh bien, moi, si ! Comment a-t-elle pu te dire une chose pareille ! À huit ans !

— Je le méritais sans doute.

Alice darda sur lui un regard étincelant.

— Aucun enfant de huit ans ne mérite ça.

— J'étais vraiment infernal.

— Tous les enfants le sont. Plus ou moins, certes. Mais quand même. Si elle avait vraiment du mal avec toi, il devait y avoir d'autres solutions que de te laisser chez un père dont tu ignorais tout.

— C'est vrai que je me suis retrouvé dans une drôle de situation.

La grande maison, les murmures des employés, les cris de la mère de Leonidas… Et quelques semaines plus tard, se savoir responsable de l'éclatement de la famille…

— Tu es en relation avec elle, aujourd'hui ?

— Non.

Alice posa la main sur son bras.

— C'est vraiment une épreuve très difficile à vivre.

Il haussa les épaules.

— Sans doute. Mais tu sais quoi ? Ça m'a donné Leonidas. Je n'ai pas réellement un père ni une mère, mais j'ai un frère qui se trouve aussi être mon meilleur ami. Et je pense parfois que le chaos dans lequel nous avons grandi – des parents toujours en guerre, notre père qui enchaînait les épouses destinées à être rejetées après un ou deux ans de mariage – je crois que tout ça a encore renforcé nos liens.

— Oui, c'est très possible.

— Si bien que, lorsque nous avons découvert ses activités criminelles, il a été plus facile pour nous de nous détacher de lui. Nous l'avons banni de nos vies pour nous concentrer sur ce qui était vraiment important.

— Reconstruire votre fortune ?

— La fortune, oui, mais surtout l'héritage de notre grand-père. Nous étions très proches de lui tous les deux et nous passions beaucoup de temps avec lui quand nous étions enfants. C'est lui qui nous a élevés. Nous estimions que nous lui devions de réparer tous les dégâts causés par notre père.

— Je trouve que vous avez réussi un tour de force, dit Alice après un silence.

Il tourna vivement la tête vers elle sans masquer sa surprise.

— Je suis sincère, insista-t-elle. Surmonter le scandale et le choc que vous avez reçu en découvrant ce qu'avait fait votre père, puis tout reconstruire... Tout le monde n'aurait pas eu la force nécessaire.

— Toi aussi, tu possèdes cette force.

— Tu trouves ?

— Bien sûr. Regarde comment tu t'occupes de ta mère. Tu es jeune mais tu la fais passer avant tout le reste. Tout le monde n'aurait pas eu ce courage.

— Comment aurais-je pu faire autrement ?

— Tu as renoncé à tout pour elle.

— Elle a renoncé à tout pour moi.

— Que veux-tu dire ?

Elle se mordit la lèvre. Il passa le pouce sur celle-ci, et elle arrêta.

— Nous étions vraiment très pauvres, avoua-t-elle, les joues en feu. Elle était très intelligente. Elle aurait pu avoir une carrière brillante, mais elle est tombée enceinte de moi et elle a été obligée de travailler avec acharnement pour survivre et m'élever.

— Et ton père ?

Alice ferma son livre et le posa sur le pont à côté d'elle.

— Je ne l'ai jamais connu.

— Ils n'étaient pas mariés ?

— Non.

— Et il ne s'est jamais préoccupé de toi ?

— Jamais.

Thanos plissa le front. Était-ce pour cela qu'elle n'avait pas protesté quand il avait dit que Dion ne l'aimait pas ? À moins que...

— Il est mort ?

Elle eut un sourire amusé.

— Non. Tu crois que si un homme est un père absent c'est forcément parce qu'il est mort ?

— Bien sûr que non.

— Ma mère n'avait que dix-neuf ans quand elle l'a rencontré. Elle est tombée amoureuse et elle croyait que c'était réciproque. Il l'a séduite, il lui a promis monts et merveilles, il a couché avec elle, puis il s'est évanoui dans la nature. C'est pour ça que je m'en veux tellement d'avoir été aussi stupide avec Clinton, tu comprends ? Je m'étais juré de ne pas suivre l'exemple de ma mère, et c'est exactement ce que j'ai fait.

— Il y a des hommes qui aiment faire souffrir les femmes.

Elle haussa les épaules.

— Je ne sais pas si c'était leur cas à tous les deux. Clinton était immature et il m'a fait souffrir, c'est vrai. Mais mon père était bien pire. Il a fait de gros efforts pour séduire maman et il lui a promis des tas de choses. Il a vraiment tout fait pour qu'elle tombe amoureuse de lui. Je pense qu'il avait l'intention de la faire souffrir dès le départ.

— Pourquoi ?

— Je ne sais pas. Par jeu ? Par volonté de puissance ? Je ne comprends pas. Mais il est clair qu'il a tout mis en œuvre pour la séduire Et ensuite il a disparu.

— Quand elle a découvert qu'elle était enceinte, elle a essayé de reprendre contact avec lui ?

— Oui. Elle voulait encore croire qu'il y avait eu un malentendu, qu'il avait été obligé de partir de toute urgence à cause de problèmes familiaux ou quelque chose du même genre. Elle l'aimait. Elle le considérait comme l'homme de ses rêves.

Alice prit la bouteille qui était posée sur le pont à côté d'elle et but une gorgée d'eau.

— Il a tout fait pour la fuir, et quand elle a fini par le retrouver, elle a découvert qu'il était fiancé. Son monde s'est écroulé ce jour-là.

— Elle t'a dit ça ?

— Elle m'en a dit assez pour que je le comprenne. Elle voulait me mettre en garde contre les hommes comme lui. Et contre les hommes en général, je pense. Une fois sa confiance trahie, elle ne l'a plus jamais accordée. Elle n'a jamais voulu envisager qu'il existait peut-être quelque part un homme prêt à l'aimer et à la rendre heureuse.

Arquant un sourcil, Thanos scruta pensivement le visage d'Alice.

— Qu'y a-t-il ?

Il secoua la tête.

— Rien.

— Si, dis-moi, insista-t-elle.

Malgré le ton de la conversation, il ne put s'empêcher de laisser échapper un petit rire.

— C'est juste que… Tu penses que nous sommes l'un ou l'autre en position de la blâmer pour ça ?

Alice plissa les yeux.

— Tu ne crois pas que tu tiens les hommes à distance parce que tu es traumatisée par ce qu'elle a vécu ? Et par ton expérience avec Clinton ?

— Non, répliqua-t-elle aussitôt d'un ton crispé.

— Alice.

Il lui prit la main.

— Ce n'est pas une critique.

— Vraiment ?

— Vraiment. Je trouve que tenir les gens à distance est un excellent choix de vie, ironisa-t-il. Non, ce que je veux dire c'est qu'il paraît logique que ta mère n'ait pas eu envie de se lancer dans une nouvelle histoire après tout ça.

Alice déglutit péniblement.

— Il y avait aussi le fait qu'elle travaillait beaucoup. Nous étions tellement pauvres qu'elle était obligée de faire des journées interminables. Je ne pense pas qu'elle avait le temps de penser à avoir une vie amoureuse.

Elle poussa un soupir.

— Ce qui est sûr, c'est que je déteste mon père. C'est

pour ça que je peux comprendre que tu détestes le tien. Je déteste mon père, bien que je ne l'aie jamais vu. J'ai accepté le fait qu'il n'ait pas voulu assumer son rôle de parent. Qu'il n'ait jamais voulu faire ma connaissance.

Le léger tremblement de la voix d'Alice démentait ses propos.

— Mais c'est un homme riche. Je le sais parce que j'ai fait des recherches dès que j'ai eu l'âge d'utiliser un ordinateur. Il est riche, marié, et il a des enfants. J'ignore combien de femmes il a traitées comme ma mère, mais je sais qu'il avait les moyens de nous aider et qu'il ne l'a jamais fait.

Outré, Thanos resta sans voix.

— Elle lui a écrit, pour le supplier de nous aider financièrement. À onze ans, j'ai été sélectionnée pour entrer dans une école prestigieuse. J'avais droit à une bourse, mais elle ne suffisait pas à couvrir les frais de pension et d'uniforme, qui étaient beaucoup trop élevés pour ma mère. Elle lui a écrit. Il a rejeté sa demande.

— Comment a-t-il pu refuser de l'aider ? S'il n'était pas capable de reconnaître son obligation morale, il devait bien y avoir des lois pour l'obliger à le faire.

— Non. Il est anglais. La justice américaine ne pouvait rien contre lui. Malgré son immense fortune, il trouvait superflu d'aider ma mère à assurer ma subsistance et mon éducation. Et comme elle n'avait pas les moyens d'engager un bon avocat…

Alice haussa les épaules d'un air qui n'avait rien de désinvolte.

— Je le hais.

— Moi aussi, répondit aussitôt Thanos avec feu.

Elle éclata de rire et ce fut comme si le soleil brillait tout à coup dans un ciel d'orage. Il déglutit péniblement. Comment n'avait-il pas vu tout de suite à quel point elle était belle ? Pourquoi lui avait-il fallu plusieurs jours avant de reconnaître que non seulement elle était séduisante, mais qu'elle l'attirait irrésistiblement ?

Il avait déjà passé plus de temps avec elle qu'avec n'importe laquelle de ses maîtresses. Il s'était confié à elle et il avait été touché par ses confidences. Mais pas de panique. La situation était sous contrôle. Il avait des règles et des limites qu'il comptait bien respecter.

— Parle-moi de ce maillot de bain, demanda-t-il d'un ton malicieux.

— Que veux-tu savoir à son sujet ?

— Des tas de choses, *Kyria* Stathakis.

L'as-tu acheté en pensant à moi ?

— Je ne savais pas de quoi j'aurais besoin pour ce… travail.

— Ce travail ?

— Notre mariage.

Elle mima des guillemets avec ses doigts et il sentit son cœur se serrer. Que lui arrivait-il ? Il n'avait aucune raison d'être aussi perturbé par cette façon d'évoquer leur mariage.

— Tout ça est tellement loin de mon univers habituel, poursuivit-elle en indiquant le yacht avec un petit rire d'autodénigrement. Je porte des tailleurs au travail et des pantalons de yoga chez moi.

Elle haussa les épaules.

— Je n'avais pas envie de détonner. Je voulais que cette histoire soit crédible.

— Tu ne détonnes pas du tout.

Elle eut une moue de dérision.

— Parce que j'ai fait des recherches.

— Des recherches ?

— Oui. Et Kosta avait raison sur un point. Il y a *des tas* de photos de toi sur Internet.

Il sentit de nouveau son cœur se serrer sans savoir pourquoi.

— Et alors ? lança-t-il d'un ton plus vif qu'il ne l'aurait voulu.

Elle ne sembla pas le remarquer.

— J'avais besoin de voir comment s'habillent tes…

amies habituelles. Ce genre de maillot semble une tenue standard.

Thanos resta silencieux. Décidément, que lui arrivait-il ? Pourquoi était-il aussi frustré par cette explication ? Son absence de réaction parut inquiéter Alice.

— Est-ce qu'il convient ?

Il serra les dents, au comble de la frustration. Mais que lui prenait-il, bon sang ? Elle ne cherchait pas à lui plaire, et alors ? Il devrait se réjouir, au contraire. Elle abordait son rôle avec professionnalisme. N'était-ce pas ce qu'il voulait ? Ce mariage avait un but bien précis. Mieux elle jouerait son rôle, plus il y aurait de chances qu'il atteigne son but.

— Il est parfait, assura-t-il d'une voix rauque.

— Et que voulais-tu savoir d'autre à son sujet ? demanda-t-elle d'un ton léger.

Transpercé par une flèche de désir, il plongea son regard dans le sien.

— S'il s'enlevait facilement.

Elle se redressa en souriant et s'installa à califourchon sur lui.

— Tire sur les lanières et tu verras.

9.

— *Kaliméra, Kyria Stathakis.*

Alice s'étira voluptueusement dans l'immense lit en étouffant un bâillement. Derrière la fenêtre, les vignes étaient d'un vert éclatant. Elle leva les yeux vers Thanos. À quel moment avaient-ils décidé d'ignorer les termes de leur contrat et de dormir ensemble ? En principe, il était prévu qu'elle dispose de son propre espace et qu'ils se voient très peu. Or en fait, au cours des cinq jours écoulés depuis leur mariage, ils ne s'étaient pratiquement pas quittés.

Ça n'avait pas d'importance parce que pour l'essentiel leur contrat n'était pas modifié. Ils avaient pris quelques libertés, et alors ? Ça ne changeait rien au caractère provisoire de leur union. Quelque part dans les tiroirs d'un avocat, les papiers du divorce étaient à leur disposition.

— J'aime bien t'entendre parler grec.

Thanos arqua les sourcils.

— *Tote tha to kano sychna.* Alors je vais le faire plus souvent.

Elle sourit et reposa la tête sur son épaule.

— Je pourrais t'apprendre.

— Le grec ?

— Mmm.

— J'apprends déjà l'italien.

Les doigts qui effleuraient son épine dorsale s'immobilisèrent.

— Ah bon ?

— *Si. Ma non posso parlare bene*. Mais je ne parle pas très bien. *E molto difficile.*

— Pourquoi apprends-tu l'italien ? demanda-t-il dans cette langue.

Elle chercha ses mots avant de répondre.

— Pour pouvoir parler couramment quand j'irai là-bas.

Il recommença à faire courir ses doigts le long de son épine dorsale et repassa à l'anglais.

— Tu veux aller en Italie ?

— *Si.*

— L'Italie est un beau pays, mais ça ne vaut pas la Grèce.

Elle pouffa.

— Tu ne serais pas partial, par hasard ?

— Tu jugeras par toi-même quand nous irons là-bas, répliqua-t-il en enfonçant les doigts dans ses cheveux. Pourquoi l'Italie ?

— À part le fait que c'est un des plus beaux pays du monde ?

— Oui.

Elle réprima un sourire. Il ne laisserait pas tomber tant qu'elle n'aurait pas répondu à sa question.

— Pendant un an, nous avons vécu dans le Massachusetts. Maman avait été engagée dans un centre d'appels pour une compagnie de téléphone et elle avait une amie là-bas qui avait une chambre libre, si bien que nous avons déménagé.

Elle avait douze ans, elle commençait à avoir des amies et elle n'avait pas du tout apprécié d'être obligée de partir.

— Il faisait tout le temps froid et j'ai détesté l'endroit. Mais pour être juste, il faut préciser que j'étais une préado malheureuse et déterminée à haïr le monde entier. Je pense que je n'étais pas très objective…

— Tu étais une préado malheureuse ? répéta-t-il avec une incrédulité manifeste.

— Oh ! oui. J'étais l'adolescente type. Nous avions une voisine. *Signora* Verde. Elle me voyait rentrer de l'école et je pense qu'elle s'inquiétait pour moi. Maman travaillait tard et l'amie chez qui nous habitions était infirmière, elle avait des horaires très irréguliers. J'étais souvent seule à la maison. *Signora* Verde m'apportait des assiettes de *biscotti* et des *bomboloni* aux noisettes qui sortaient du four. Elle restait, s'asseyait avec moi et elle me parlait de son village en Toscane. Trefiumi. Des rues étroites, des maisons aux murs ocre et aux toits de tuiles rouges, des jardinières aux fenêtres qui débordaient de fleurs aux couleurs éclatantes. Les grand-mères assises sur des chaises en plastique devant leur porte, qui parlaient de leurs petits-enfants comme si chacun d'eux était un génie en herbe. Les rires des enfants qui couraient dans les rues, des *gelati* à la main.

Une bouffée de nostalgie assaillit Alice.

— *Signor* Verde a été transféré dans le Dakota du Nord six mois après notre arrivée dans le Massachusetts. Je n'ai jamais revu *signora* Verde, mais les images de l'Italie sont restées gravées dans ma mémoire. Même dans les moments les plus difficiles, je me souvenais toujours de trois choses à cause de *signora* Verde.

— Quelles choses ?

Alice sourit sans avoir conscience que ses yeux prenaient des reflets dorés dans la lumière du matin et que ce spectacle fascinait son mari.

— Que l'Italie est le paradis sur terre. Que la gentillesse – désintéressée – est le plus beau cadeau qu'on puisse faire à quelqu'un. Et qu'il n'y a pas d'odeur plus délicieuse que celle des *bomboloni* sortant du four un après-midi d'hiver.

L'estomac d'Alice gargouilla et Thanos pouffa.

— Je vois que la Grèce a une concurrente très sérieuse.

— En effet.

— Ça te dirait d'aller en Italie aujourd'hui, Alice ?

— Tu n'es pas sérieux ? s'exclama-t-elle en riant.

— Pourquoi pas ? L'Italie n'est qu'à deux heures de vol. Nous pourrions y aller pour le déjeuner.

Elle rit encore.

— Et ensuite ? Paris pour le dîner ?

— Si tu veux.

Elle secoua la tête. C'était trop. Elle n'arrivait pas à croire que cette vie était la sienne, même temporairement.

— Thanos.

Elle se redressa sur un coude pour mieux le voir.

— Tu ne peux pas envisager sérieusement que nous prenions ton jet pour aller *déjeuner* en Italie !

— Pourquoi pas ?

— Parce que c'est… C'est juste si…

— Oui ?

Quoi ? Si extraordinaire ? Comme si ses rêves devenaient réalité ?

— Si parfait, dit-elle, les yeux soudain humides. Merci, ça me ferait plaisir. Très plaisir.

Le sourire de Thanos fit voleter un millier de papillons dans son ventre.

— Alors, Alice ? Que préfères-tu ? Venise, Rome ou Florence ?

— Surprends-moi.

— *Tote as pame*. Alors allons-y.

Elle se leva, le cœur gonflé de joie. Une nouvelle journée commençait, le soleil brillait et elle allait en Italie. Pour la première fois depuis très longtemps, elle se sentit réellement heureuse.

Finalement, ils n'allèrent dans aucune de ces villes emblématiques d'Italie. Après quelques recherches sur Internet pour préparer le vol, ils atterrirent à Florence où les attendait une limousine pour les conduire à Trefiumi.

— C'est loin ? demanda-t-elle en regardant par la vitre.

— Non. Une demi-heure.

Un frisson d'excitation la parcourut. Elle n'arrivait pas à y croire. Elle était en Italie, là où elle rêvait d'aller depuis toujours.

Grâce à l'homme assis à côté d'elle.

— C'est beau, murmura-t-elle pour elle-même en contemplant la campagne qui défilait sous ses yeux.

Sur la gauche, des cyprès se détachaient sur le ciel parmi les collines verdoyantes. Sur la droite, les vignes alternaient avec des champs de céréales qui apportaient une touche de jaune au paysage. Au loin on apercevait un château. Au bout de quelques kilomètres en direction du château, la route longeait une rivière qui scintillait sous le soleil.

— Oh ! une autre rivière, dit-elle en montrant un cours d'eau plus petit, qui croisait le premier.

— Littéralement, Trefiumi veut dire « Trois Rivières », commenta Thanos. J'imagine que ce n'est pas par hasard.

Elle se tourna vers lui en souriant.

— Je pense que *signora* Verde m'a dit quelque chose comme ça.

Elle se cala contre le dossier de la banquette sans avoir conscience que Thanos scrutait son visage, attentif au moindre signe d'émerveillement qui s'y lisait.

— Thanos, regarde ! s'exclama-t-elle quand un village apparut au détour d'un virage.

Des dizaines de maisons ocre et jaunes nichées au pied de plusieurs collines formaient une grappe au centre de laquelle se dressait un château flanqué d'une église Renaissance.

— Oh ! Thanos ! Je ne pensais pas que ça pouvait être encore plus beau que je l'avais imaginé.

La voiture s'arrêta à l'entrée d'une étroite rue pavée, puis Ryan, le chauffeur de Thanos, ouvrit la portière et Alice descendit, en proie à une émotion intense.

— Merci. Merci de m'avoir amenée ici.

Thanos la contempla d'un air indéchiffrable.

— Tu es très belle quand tu es exaltée.

Une habitude bien ancrée faillit lui faire rejeter ce compliment, mais elle la réprima. Quand Thanos la regardait, elle se sentait belle.

— *Grazie*, murmura-t-elle en lui souriant.

Ils restèrent un instant à se dévisager sans rien dire. L'image même du couple de jeunes mariés éperdument amoureux. Ce qui tombait bien, parce qu'un déclic caractéristique se fit entendre. Alice se retourna et aperçut une femme qui les regardait, un téléphone à la main. Se voyant repérée, la femme s'éloigna rapidement.

— Est-ce qu'elle vient de nous prendre en photo ?

— Ça arrive, commenta Thanos.

— Tu es sérieux ? Les gens te prennent en photo dans la rue ?

Hochant la tête, il la prit par la taille.

— Ne restons pas là.

— Ça arrive souvent ? insista-t-elle avec incrédulité.

Il eut un sourire contrit.

— Je suis assez reconnaissable.

Elle s'immobilisa et le regarda en plissant le front. C'était vrai. Thanos Stathakis était immédiatement reconnaissable. Entre autres parce qu'il faisait souvent la une des tabloïds. La perspective d'être exposée à ce point ne la réjouissait pas du tout…

— Ça doit être détestable.

— Ce n'est pas particulièrement agréable.

Alors qu'ils tournaient dans une petite rue pavée, Thanos prit la main d'Alice et elle trouva ça naturel. Et très agréable. Elle promenait autour d'elle un regard ébloui. C'était exactement comme l'avait décrit *signora* Verde. Les odeurs, les bruits qui s'échappaient des maisons, les magasins, les cafés, tout évoquait l'Italie. Elle avait l'impression d'être dans un décor de film.

— Que dis-tu de cet endroit ?

Thanos s'arrêta devant une porte à double battant en bois ancien au bas d'un bâtiment en pierre. Alice leva les yeux vers l'enseigne. Ristorante Vecchi Citta.

— « Restaurant de la vieille ville » ?

Il eut un large sourire.

— Tu parles déjà couramment.

— Oh non, répliqua-t-elle en riant. J'ai encore un long chemin à faire.

— Tu prends des cours ?

— Non, je n'avais pas les moyens, ni le temps. J'utilise

des applications gratuites. Elles sont efficaces. Et ça m'occupe dans le métro.

À leur approche, les portes furent ouvertes de l'intérieur par un homme aux cheveux argentés et aux yeux noirs. Grand, frisé, il portait un tablier noir à rayures blanches sur une chemise blanche et un pantalon noir.

— *Signor.* Bienvenue.

— Merci. Nous souhaiterions une table pour deux. Avec vue, si possible.

— Bien sûr.

Les yeux du serveur s'attardèrent quelques secondes sur le visage de Thanos. Apparemment il l'avait reconnu, parce que quelques secondes plus tard ils furent installés à la meilleure table du restaurant, devant une bouteille de champagne offerte par la maison. Alice s'assit et toute son attention se concentra sur la vue. Depuis la rue il était impossible de le deviner, mais le bâtiment qui abritait le restaurant était situé au bord d'une des trois rivières qui traversaient le village. Celle-ci était enjambée par un pont médiéval, qui ressemblait à une version miniature du Ponte Vecchio, avec des boutiques de chaque côté et des guirlandes lumineuses accrochées au toit. Deux enfants étaient assis au bord de l'eau. L'un pêchait, l'autre lisait. Un peu plus loin, une famille pique-niquait sur une couverture.

On leur servit le champagne, puis on les laissa avec des menus entièrement rédigés en italien. Elle parcourut le sien à la recherche de mots qu'elle connaissait.

— Tu veux que je te le traduise ? demanda Thanos.

— Il y a des mots que je comprends.

— Dis-moi lesquels.

— Oh ! les plus simples. Pain, poulet, jambon, pizza, pâtes.

Il eut un large sourire.

— C'est la moitié du menu.

Encouragée, elle reprit sa lecture, plus lentement.

— *Carne*… viande… avec des haricots verts. Et des pommes de terre.

— *Perfetto.*
— *Fetuccine* aux truffes.
— Tu en sais plus que tu ne le penses.
— Merci, répondit-elle, très fière.
— *Piacere.*

Au même instant le serveur revint.

— C'est ma femme qui va commander, dit Thanos.
— Que veux-tu ? murmura-t-elle.

Il désigna le steak sur le menu, et Alice commanda dans un italien hésitant, avant de répondre aux quelques questions que lui posa le serveur, qui prit soin de parler lentement. Lorsque ce dernier s'en alla, elle était rose de plaisir.

— Waouh. Je crois qu'il a vraiment compris ce que je lui ai dit.

Thanos hocha la tête.

— Tu parles bien et ton accent est bon.

Ce nouveau compliment la combla.

— Je ne suis pas sûre de ça. Mais c'est la première fois que je parle avec un Italien.
— Je pense que, si tu passais un peu de temps ici, tu parlerais très vite couramment.
— Peut-être.

Elle but une gorgée de champagne et savoura les bulles qui éclataient dans sa bouche.

— Combien de langues parles-tu ?
— Couramment, le grec, l'anglais et l'italien. Je me débrouille bien en français et en allemand. Et j'ai quelques notions d'espagnol et de coréen.
— Waouh.
— Waouh ?
— Oui. Comment as-tu appris ? Moi, j'ai déjà du mal à maîtriser passablement l'italien.

Il haussa les épaules.

— J'ai eu l'avantage de beaucoup voyager et de séjourner dans la plupart de ces pays. Et puis notre professeur de piano était coréenne. Une musicienne exceptionnelle qui ne parlait presque pas anglais. Nous avons appris à discuter avec elle à bâtons rompus.

Le serveur revint avec leur commande.

— Je ne me suis pas trompée, plaisanta-t-elle. J'avais peur de voir apparaître de la langue de bœuf.

Le clin d'œil que lui adressa Thanos était purement amical, mais elle sentit une vive chaleur l'envahir. Tout à coup, elle perdit son appétit. Elle n'avait plus qu'une envie. Se retrouver seule avec lui à proximité d'un lit, derrière une porte fermée.

Les plats étaient délicieux. C'était de la cuisine italienne traditionnelle, familiale et très parfumée. Dommage qu'elle ait perdu *signora* Verde de vue, songea Alice avec nostalgie. Elle aimerait tellement pouvoir lui dire qu'elle avait mangé au bord d'une des rivières qui traversaient Trefiumi.

— Quand tu as l'esprit ailleurs, une adorable ride creuse ton front juste là, murmura Thanos en passant le doigt entre ses sourcils.

— Je n'ai pas l'esprit ailleurs.

— Non ?

— C'est juste que…

— Oui ?

— Tu n'es pas du tout comme je l'imaginais.

Il posa sa fourchette et se recula sur sa chaise en la regardant attentivement.

— Vraiment ?

— Oui. Tu as cette réputation de prince des play-boys d'Europe.

Thanos haussa les épaules mais son visage se crispa imperceptiblement.

— Il faut croire.

— Mais elle n'est pas justifiée. Je ne te vois pas du tout comme ça.

— Pourquoi ?

— Parce que, pour commencer, tu es très déterminé.

Il esquissa un sourire.

— Tu penses que ça m'empêche d'avoir une vie sociale bien remplie ?

— Non, mais je ne crois pas que la vie de play-boy te plaise vraiment. J'ai du mal à t'imaginer passant d'un restaurant de ce genre à une fête sur ton yacht, entouré de top-modèles ivres. Et ça m'amène à une question. Quelle version de toi est la vraie ?

Il détourna le regard vers la fenêtre.

— Ne peuvent-elles pas être vraies toutes les deux ?

— Je ne pense pas.

Il resta silencieux, le visage impénétrable. Elle retint son souffle, le cœur battant. Malgré la complicité qui s'était installée entre eux, elle était peut-être allée trop loin.

— Mais ça n'a pas d'importance, ajouta-t-elle alors que le silence se prolongeait.

— Je ne fais pas la sourde oreille. J'étais juste en train de réfléchir à la réponse à ta question. J'aime le bruit que fait une foule de gens réunis pour faire la fête.

Malgré le sérieux de la conversation, elle ne put s'empêcher de pouffer.

— C'est ta réponse ?

Il esquissa un sourire.

— Je ne sais pas. C'est difficile à expliquer, je suppose.

— Moi, je n'ai jamais aimé la foule. Ni les fêtes. Je trouve ce genre de relations superficielles sans intérêt. Discuter avec des personnes qu'on ne connaît pas vraiment et qu'on n'a pas envie de connaître.

Elle le regarda pensivement.

— Je suppose que les fêtes permettent de s'entourer d'un tas de gens sans établir de relations étroites.

— Tu penses que c'est ce que je fais ?

— Je ne sais pas. Qu'en penses-tu ?

Il soupira.

— *Forse.* Faire la fête est devenu une habitude pendant mon adolescence. Puis un style de vie que je ne remettais pas en question.

Elle but une gorgée de champagne et constata avec

surprise que sa flûte était quasiment vide. Un serveur apparut presque aussitôt pour la remplir.

— Et après ?

Il arqua les sourcils, l'invitant à développer.

— Une fois que tu auras racheté P & A et que notre divorce aura été prononcé ?

Ces mots lui brûlèrent la gorge et elle déglutit péniblement avant de poursuivre.

— Te verrai-je de nouveau dans les tabloïds, une femme différente au bras chaque soir ?

— Ça t'ennuierait ?

L'atmosphère semblait soudain oppressante. Elle baissa les yeux pour éviter le regard scrutateur de Thanos.

— Ça ne me regarde pas. Nous savons tous les deux que ce mariage est temporaire. Ce que tu feras quand il aura pris fin ne concerne que toi. Je te demande juste si tu es toujours attiré par ce genre de vie.

— Je ne suis marié que depuis une semaine.

— En effet. Ça fait seulement une semaine.

Une semaine ou un mois, ça n'avait pas grande importance… Que lui arrivait-il ? Elle ne savait plus où elle en était tout à coup. Refusant de s'attarder sur la confusion qui régnait dans son esprit, Alice arbora un sourire éclatant.

— Les calamars semblent délicieux.

Elle en goûta un en s'efforçant de se concentrer sur l'instant présent. Ce qu'il ferait ou deviendrait une fois leur mariage terminé ne la regardait pas.

10.

— Vous n'avez pas oublié mon invitation ?

Thanos se cala dans le siège en cuir de son jet privé. En raison de l'altitude, la voix de Kosta crépitait légèrement à l'autre bout de la ligne.

— Bien sûr que non.

— Vous amènerez bientôt votre épouse à Kalatheros ?

— Alice.

En pensant à son épouse, Thanos sourit. Qui aurait pu prévoir que ce mariage de convenance serait aussi plaisant ? Alice était facile à vivre et c'était la femme la plus sexy de sa connaissance. Les papiers du divorce étant déjà prêts, il était assuré de pouvoir mettre fin à cette union et reprendre une vie normale dès qu'il aurait racheté P & A. Cependant, il savait à présent une chose qu'il n'aurait jamais pu imaginer quand il lui avait proposé cet arrangement. Elle allait lui manquer.

Dans son lit, dans sa vie.

Mais il en avait assez d'attendre. Il voulait récupérer Peto. Il avait fait tout ce qu'il fallait pour. Ça suffisait comme ça.

— Que diriez-vous de vendredi ?

Il y eut un bref silence.

— Parfait. Venez passer le week-end. Je me réjouis de vous voir.

— Moi aussi.

Thanos coupa la communication et regarda par le hublot. Le ciel était noir. Le jet filait dans la nuit. À destination de la Grèce. De chez lui. Il avait hâte de montrer son pays à Alice. Même s'il ne savait pas très bien pourquoi.

Deux jours plus tard, les vagues léchaient doucement le rivage de Stathera Prasino, l'île privée de Thanos dans la mer Égée. Assise sur l'herbe à l'ombre d'un impressionnant grenadier, Alice écoutait le murmure de l'eau sur le sable. La chaleur n'était pas écrasante et une légère brise marine lui rafraîchissait la peau. Elle ouvrit les yeux et admira le contraste entre l'eau émeraude et le sable blanc.

Pendant le vol en hélicoptère depuis Athènes, elle avait appris que le nom de l'île pouvait se traduire à peu près par « vert persistant », et il fallait reconnaître que c'était approprié. La mer était d'un beau vert lumineux et l'île elle-même était incroyablement verdoyante avec ses vignes, ses oliveraies, sa plantation de citronniers comprenant plusieurs rangées de grenadiers, et son golf à dix-huit trous dans la partie est. Elle avait déjà eu maintes fois l'occasion d'être impressionnée par les signes extérieurs de richesse de Thanos, mais c'était cette île qui était le meilleur symbole de sa réussite.

La villa qu'il y avait fait construire était un véritable palais. Une des gouvernantes – il y en avait trois ! – lui avait expliqué que celle-ci comprenait vingt-sept chambres avec salle de bains et salon privé.

— M. Stathakis aime recevoir, avait commenté la femme en souriant.

Alice avait préféré ne pas s'attarder sur cette information. Depuis leur conversation en Italie, elle avait beaucoup de mal à ne pas penser à ce qu'avait été sa vie avant leur mariage et à ce qu'elle deviendrait après. Tout en étant consciente que ça ne la regardait pas, elle ne supportait pas l'idée qu'il puisse reprendre ses habitudes et passer son temps à donner des soirées extravagantes où se presseraient grandes fortunes d'Europe, stars du cinéma et dieux du rock. Et pas par jalousie. Elle n'était pas jalouse. Elle s'était juste attachée à lui et elle avait envie qu'il soit heureux. Plus elle y réfléchissait, plus elle avait la certitude que ce genre de vie ne le rendait pas heureux. C'était juste une façon de fuir la réalité. Pourquoi recherchait-il exclusivement des relations superficielles ? C'était un homme intelligent et sensible qui méritait d'être connu. En était-il conscient ? Quelqu'un lui avait-il déjà dit qu'il était digne d'estime ?

Alice plissa le front. Quelle pensée absurde… On pouvait difficilement soupçonner Thanos Stathakis de manquer d'assurance ou d'ego. Vu sa réussite, son pouvoir, sa détermination, son charme…

— Ah, te voilà.

Elle tourna la tête vers Thanos qui arrivait à grands pas, plus séduisant que jamais en short et T-shirt.

— J'admire la vue, dit-elle, le cœur battant.

Ils n'avaient jamais décidé de vivre comme un vrai couple. Le sujet n'avait jamais été abordé. Ça s'était fait naturellement. Elle dormait toutes les nuits dans son lit et elle passait toutes ses journées avec lui. Ce qui ne l'empêchait pas d'être toujours aussi troublée à chaque fois qu'elle le retrouvait. Comme s'ils s'étaient quittés depuis des années et non pas quelques heures.

— Belle vue, en effet, plaisanta-t-il en s'immobilisant à côté d'elle.

— Je me sens bien ici. C'est un endroit qui me donne l'impression d'être hors du monde, hors du temps.

Il s'assit près d'elle.

— Nous serons vite de retour.

— Juste un week-end ? demanda-t-elle avec une pointe d'inquiétude.

— Deux nuits.

Elle soupira

— Eh bien… nous allons jouer le jeu.

— Tu es nerveuse ?

— Pas vraiment. Je trouve dommage que ton sens des affaires ne lui suffise pas.

— Je pense que le problème vient moins de mon sens des affaires que du scandale attaché au nom des Stathakis.

— Tu as le pouvoir de changer ta réputation, même sans être marié.

— Je ne faisais pas allusion à mon style de vie, mais aux crimes de mon père.

— Ah. Mais tu n'as rien à voir avec lui.

— Ça ne change pas grand-chose, dit Thanos en riant. Notre nom à Leonidas et à moi restera entaché pour toujours, même si nous faisons des choix opposés aux siens.

Le cœur d'Alice se serra. C'était si injuste…

— Tu t'es fait un nom par toi-même. Ce dont ton père s'est rendu coupable est déplorable, mais tu n'as rien à voir avec lui. Et ton frère non plus. Vous avez largement prouvé que vous êtes du côté de la loi.

— Cette opinion est minoritaire, je pense.

— Je ne le crois pas.

— Réputation de play-boy ou pas, tu ne penses pas que Kosta m'aurait vendu P & A il y a longtemps sans le parcours criminel de mon père ?

— Je ne sais pas.

— Bien sûr que oui. Il désapprouve la façon dont je vis mais, ce qu'il redoute avant tout, c'est que des soupçons d'illégalité pèsent sur son héritage.

— Dans ce cas, en quoi le fait que tu te sois marié pourrait-il le faire changer d'avis ?

Thanos haussa les épaules.

— Ça lui prouve que je tiens vraiment à racheter l'entreprise. Et que je veux devenir le genre d'homme qu'il considère comme respectable.

Il prononça ce dernier mot d'un ton dédaigneux.

— Mais de toute façon, je compte bien l'avoir convaincu de me vendre la société d'ici deux jours.

L'estomac d'Alice se noua.

— Et je ferai tout ce que je peux pour t'aider.

Kalatheros était à moins d'une demi-heure de vol de l'île de Thanos. Elle avait très vite pris l'habitude de voyager en hélicoptère, songea Alice au moment où ils décollèrent. Dire que la première fois elle ne savait pas attacher sa ceinture… Pendant tout le vol, elle contempla la mer parsemée de centaines de petites îles. La Méditerranée avait quelque chose de magique. À l'approche du continent, l'hélicoptère descendit peu à peu et elle aperçut la cime des arbres, puis une clairière au milieu d'eux. Dès que Thanos coupa le moteur après l'atterrissage, elle enleva son casque. Alors qu'elle s'apprêtait à ouvrir la porte, il posa la main sur son bras pour l'arrêter.

— J'ai quelque chose pour toi.

Surprise, elle sourit.

— Tiens.

Il sortit une petite bourse en velours de sa poche et la lui tendit. Le collier qu'elle contenait la laissa sans voix. Aussi simple que somptueux, c'était un solitaire presque aussi gros que sa bague de fiançailles, suspendu à une fine chaîne de platine.

— Il est… superbe, finit-elle par dire. Mais il ne fallait pas. C'est beaucoup trop.

Thanos prit le collier en secouant la tête.

— Tu es Mme Thanos Stathakis. Kosta s'attend à ce que tu portes des bijoux de ce genre.

— Oh ! bien sûr.

Elle sentit ses joues s'enflammer tandis qu'il lui mettait le collier. L'espace d'un instant, elle avait presque oublié qu'ils s'apprêtaient à jouer la comédie tout le week-end. Que leur mariage même était une comédie…

— Je te le rendrai quand nous… quand ce sera fini.

C'était la première fois que l'un d'eux faisait une allusion aussi précise à la fin de leur mariage.

— Ce n'est pas nécessaire. Je l'ai acheté pour toi.

Elle se força à sourire. Mieux valait ne pas s'attarder sur ce qu'elle ressentait, décida-t-elle avant de déclarer d'un ton qu'elle espérait léger :

— Tu ne dois pas te sentir obligé de m'acheter des bijoux, Thanos. Quand nous serons divorcés, j'aurai les moyens de m'acheter moi-même des diamants absurdement gros.

Il ne rit pas. Il la contempla comme s'il n'avait pas entendu. Puis il dit d'une voix rauque :

— Il te va bien.

Il descendit et fit le tour de l'hélicoptère pour lui ouvrir la porte. Quand elle sauta à terre, elle se retrouva contre lui et une vague de désir la submergea. Il posa la main sur sa joue.

— Alice ?

Elle sentit son cœur s'affoler. Qu'allait-il dire ? Elle n'était pas sûre d'avoir envie de l'entendre. Ce n'était pas la première fois qu'elle avait le sentiment d'être au bord d'un précipice sans savoir si elle devait sauter ou non.

— Oui ?

— Quoi qu'il arrive ce week-end, merci.

Elle sentit son cœur se serrer.

— Pour quoi ?

— Pour tout. Pour ton aide. Pour comprendre à quel point ce rachat est important à mes yeux.

Elle dut se forcer de nouveau pour sourire.

— C'est ta société. Et tu es le mieux placé pour la diriger.

Depuis que Kosta les avait invités, Alice redoutait ce séjour. Jouer la jeune mariée amoureuse le jour de la cérémonie était une chose. Le faire chez lui pendant tout un week-end risquait d'être beaucoup moins facile. Mais, contre toute attente, elle n'éprouvait aucune appréhension, constata-t-elle alors que Thanos et elle se dirigeaient vers la maison, main dans la main. Elle n'avait même pas l'impression de jouer un rôle.

— Ne sois pas nerveuse, murmura-t-il quand ils atteignirent la porte de la demeure. Ça va être plus facile que tu ne le penses.

— Je ne suis pas nerveuse. Ça va bien se passer.

La porte s'ouvrit sur Kosta Carinedes, un homme qu'elle voyait pour la troisième fois en un mois.

— Ah, les jeunes mariés, dit-il avec un large sourire qui semblait sincère.

Elle lui rendit son sourire et il la prit dans ses bras pour l'embrasser sur les deux joues. Une fois que les deux hommes se furent serré la main, elle joignit la sienne à celle de Thanos en lui souriant.

Le temps était magnifique et Kosta leur proposa de leur montrer les jardins qui entouraient la maison. Malgré ses quatre-vingts ans, il bougeait avec agilité et il grimpa d'un pas leste les marches conduisant à une grotte avec une vue splendide sur la mer.

— Nous avions l'habitude de monter ici pour regarder le coucher du soleil, commenta-t-il d'un air nostalgique.

— Nous ? dit Alice.

— Avec Helen, mon épouse.

La tristesse qui altérait les traits du vieil homme était éloquente. Mais il fit un effort visible pour la surmonter et sourit.

— Elle aimait cet endroit.

— La grotte ?

— Et toute la propriété. Nous avions plusieurs résidences, mais celle-ci était notre favorite.

— Je comprends pourquoi, répliqua Alice avec sincérité.

— Elle avait grandi dans les quartiers pauvres de Barcelone. Elle n'avait jamais vu un endroit aussi sauvage et ouvert. Un peu plus bas, il y a des piscines naturelles dans les rochers. Si vous avez envie de vous baigner…

— Avec plaisir, acquiesça Alice en levant les yeux vers Thanos en souriant.

Derrière le sourire qu'il lui rendit, elle perçut la tension qui l'habitait. S'il était venu chez Kosta, ce n'était pas pour se baigner, se rappela-t-elle. Le rachat de P & A était vital pour lui et elle était prête à tout pour l'aider à atteindre son objectif. Elle allait jouer son rôle à la perfection et ils ne repartiraient pas de chez Kosta avant qu'il ait l'assurance de récupérer sa société.

Lorsqu'ils regagnèrent la villa, elle étouffa un bâillement factice.

— Excusez-moi, dit-elle avec un sourire contrit. Je suis un peu fatiguée. Ça ne vous ennuie pas si je me repose un instant ?

— Bien sûr que non.

Kosta demanda à un employé de la conduire à la chambre qui leur était destinée, à Thanos et à elle. Parfait, songea-t-elle en s'éloignant. Excellente occasion pour Thanos de discuter en tête à tête avec Kosta.

Alice fut réveillée par un frôlement sur le bout de son nez. Croyant à un insecte ou à une mèche de cheveux, elle eut un geste de la main instinctif et rencontra le doigt de Thanos. Elle ouvrit les yeux en souriant et constata avec surprise que le soir était en train de tomber.

— Je me suis endormie.

Thanos eut un large sourire.

— Apparemment, oui.

— Comment s'est passé ton après-midi ? demanda-t-elle en posant la main sur son torse. Tu lui as parlé ?

Il hocha la tête.

— Et ?

Elle se redressa dans le lit.

— Il a accepté de te vendre la société ?

— Tu es aussi impatiente que moi ! s'exclama-t-il en pouffant.

Impatiente ? Ce n'était pas le mot. En fait, une part d'elle-même espérait qu'il allait falloir des mois et des mois pour convaincre Kosta, des mois et des mois à rester mariés…

— Il n'en est pas loin.

Thanos effleura ses lèvres avant d'ajouter :

— Nous avons une heure avant le dîner.

— Une heure ? Juste le temps de prendre un bain dans les rochers, murmura-t-elle avec un sourire mutin.

— Exactement ce que j'avais en tête, répondit-il en soulevant son chemisier pour le lui enlever.

Puis il la renversa sur le lit et l'embrassa avec fougue en refermant la main sur son sein. Le corps en feu, elle laissa échapper un gémissement.

— Ça va me manquer, murmura-t-il contre ses lèvres.

Elle eut l'impression qu'une lame tranchante s'enfonçait dans son cœur et la douleur estompa un instant le plaisir. Mais presque aussitôt la bouche de Thanos se referma sur la pointe durcie de son sein et sa main se glissa sous l'élastique de sa culotte. La douleur disparut et son esprit se vida.

11.

Oui, ça allait lui manquer. Alice allait lui manquer. Thanos sentit son estomac se nouer bizarrement et il s'efforça de gommer cette pensée de son esprit. Ridicule. Il était le prince des play-boys d'Europe, non ?

Il fit glisser la culotte d'Alice sur ses cuisses et la lui enleva. Puis il effleura son sexe du bout de la langue, savourant ses réactions. Non, il ne se lasserait jamais de ça. Le corps d'Alice était un instrument et il voulait continuer à en être le virtuose. Quand il pensait à l'ordure qui l'avait attirée dans son lit quand elle était encore innocente et qui l'avait laissée tomber tout de suite après, il bouillait de rage.

Hypocrite, lui souffla une petite voix en même temps qu'il approfondissait ses caresses. Les mains d'Alice s'enfoncèrent dans ses cheveux tandis qu'elle creusait les reins en le suppliant de ne pas s'arrêter.

Il n'en avait pas l'intention. Mais il n'était pas un hypocrite. Il n'était pas comme Clinton, qui lui avait promis la lune. Il n'avait rien promis à Alice. Il avait été honnête avec elle dès le départ. Ils avaient décidé de coucher ensemble en raison de leur désir mutuel. Ils avaient choisi de partager le même lit, en sachant parfaitement l'un et l'autre que leur mariage était provisoire et qu'un jour tout serait fini.

Fini. Il n'avait pas très envie de penser à ça.

Thanos se débarrassa fébrilement de ses vêtements, puis il reprit ses caresses, honorant le sexe d'Alice à pleine bouche, savourant les gémissements qui s'échappaient de sa gorge tandis qu'elle ondulait des hanches avec une frénésie croissante. Dès que le plaisir la submergea, il se redressa et s'enfonça en elle, s'abandonna en elle, emporté dans le tourbillon de sa jouissance. Non, il n'était pas prêt à renoncer à ça. Ils avaient encore du temps devant eux et, tant qu'ils en auraient, il allait déguster chaque seconde.

— Vous me rappelez un peu notre couple, dit Kosta, un verre de whisky à la main.

Deux jours plus tôt, à leur arrivée chez lui, il n'était pour Alice qu'une vague connaissance. Mais après un week-end en sa compagnie, à explorer sa maison et à se promener sur les plages qu'il aimait depuis toujours, elle l'appréciait de plus en plus.

— Helen et moi, nous étions comme Thanos et vous, poursuivit-il.

— Vraiment ?

Elle but une gorgée de vin en s'efforçant d'ignorer le remords qui l'assaillait. À présent qu'elle le connaissait, mentir à Kosta la mettait mal à l'aise. La seule excuse, c'était que la fin justifiait les moyens. Kosta voulait vendre P & A et elle était convaincue que Thanos était le meilleur candidat au rachat.

— Nous nous sommes mariés un mois après notre rencontre. Dès que je l'ai vue, j'ai su que je ne pourrais pas vivre sans elle.

C'était ainsi que sa mère parlait de son père dans ses lettres, se souvint Alice. Malheureusement pour Jane, Henry Jennings était un menteur. Mais l'amour existait. Le coup de foudre existait, et Kosta en était la preuve vivante.

— Quand est-elle… ?

— Il y a cinq ans.

Il tourna les yeux vers la mer, sur laquelle la lune faisait danser des reflets argentés.

— Ça a été rapide. La mort, je veux dire. Pas le chagrin ni le deuil. Ils m'accompagneront pendant le reste de ma vie.

— Je suis désolée. Vous n'avez pas d'enfants ?

Kosta eut un sourire triste.

— Nous avions un fils. Il est mort à l'âge de quatre ans. Ma femme ne pouvait plus tomber enceinte.

Les yeux d'Alice se remplirent de larmes.

— Quelle tragédie.

— Oui.

Les yeux humides, il but une gorgée de whisky et reposa son verre sur la table d'une main tremblante.

— Mon entreprise est un héritage familial. Je n'ai personne à qui la transmettre. Si je veux la vendre, ce n'est pas par besoin d'argent. Je veux la vendre pour la voir entre les mains de quelqu'un qui en prendra soin autant que moi. Qui la considérera comme une entreprise familiale, qui la fera prospérer pour la transmettre à ses enfants, comme c'était l'intention de mes grands-parents.

La gorge nouée, Alice déglutit péniblement.

— Vous savez que Thanos est cet homme-là, n'est-ce pas ?

Kosta scruta son visage.

— Vous l'aimez ?

Cette question la laissa muette de saisissement. Elle dut faire un effort immense pour retrouver sa voix et donner la réponse qui correspondait à son rôle de jeune mariée.

— Je… oui, bien sûr, dit-elle en hochant la tête pour tenter de masquer le tremblement de sa voix.

— Ça se voit, commenta Kosta. Et j'espère qu'il vous rendra heureuse. Pendant des années je me suis demandé s'il était capable de rendre quelqu'un heureux, lui compris.

— Pourquoi dites-vous ça ? demanda-t-elle avec une pointe d'inquiétude.

— Je connaissais très bien Nicholas, son grand-père. Et par lui j'ai fait la connaissance de Thanos quand il est venu vivre chez Dion.

Kosta secoua la tête d'un air triste.

— Ah bon ?

— Oh ! oui. C'était un enfant perturbé, avec une sensibilité à fleur de peau. Et je pense qu'il manquait d'assurance.

Alice plissa le front. Thanos, manquer d'assurance ?

— On ne pouvait pas lui en vouloir, poursuivit Kosta. Sa mère lui a brisé le cœur. Quant à son père, il n'était pas digne d'être désigné comme tel. Après le procès, Thanos a commencé à déraper.

— C'est-à-dire ? demanda Alice, le cœur serré.

— Les fêtes, l'alcool, la colère. Leonidas veillait sur lui, mais il était sur une pente dangereuse.

Alice crispa les doigts autour de son verre. Si seulement elle pouvait remonter le temps et faire en sorte d'apaiser le petit garçon effrayé qu'avait été Thanos.

— J'ai acheté Peto parce que je pensais sincèrement que Thanos la détruirait s'il restait à la barre.

Surprise, Alice leva vivement les yeux vers Kosta. Son regard pénétrant était fixé sur elle.

— Je savais ce qu'elle représentait pour lui, et ce qu'elle avait représenté pour mon ami Nicholas. Je voulais éviter que Thanos cause sa destruction.

Alice émit un vague murmure de compréhension.

— Vous pensez que j'ai eu tort.

Elle plissa le front.

— Je ne peux pas le dire.

— Je l'aime bien, affirma Kosta à sa grande surprise. J'ai toujours eu de la sympathie pour lui. Quand il est venu vivre chez Dion, je me rappelle avoir éprouvé de l'incrédulité et de la rage. Je trouvais très injuste qu'un homme comme Dion Stathakis puisse avoir deux fils aussi vifs quand…

Il afficha une moue amère.

— Il avait deux fils intelligents et il n'en appréciait aucun. Il n'en voulait aucun.

— Ça paraît stupide.

Kosta eut un petit rire rauque.

— Oui, on peut le dire.

— Thanos n'est pas comme vous le pensez, dit-elle après un silence. Il ne mettra pas Peto en péril, ni P & A. En fait, je pense qu'il est la personne la plus appropriée pour les diriger.

— Ce n'était pas pour l'entreprise que j'étais inquiet. C'était pour lui. Son style de vie… Je sais à quel point il est tentant de se fuir soi-même. Quand notre fils est mort…

Les doigts de Kosta se crispèrent sur les accoudoirs de son fauteuil.

— … je me suis mis à boire. Beaucoup. Pendant au moins un an. Je m'anesthésiais. Ou du moins j'essayais. Mais Helen m'a sauvé. Comme vous avez sauvé Thanos.

Alice regardait la mer. Un des yachts de Thanos mouillait à quelques centaines de mètres du rivage, énorme, étincelant sous le soleil, et – elle le savait d'expérience – aux mains d'un équipage prêt à lever l'ancre dès que l'envie en prenait à Thanos.

Depuis leur retour de chez Kosta, deux jours plus tôt, elle vivait dans l'anxiété. Elle se réveillait régulièrement en pleine nuit, l'estomac noué, ce qui ne lui était plus arrivé depuis que Thanos l'avait libérée de tous ses problèmes matériels. Le surendettement ne la menaçait plus, elle n'avait plus de loyer à payer, et sa mère se trouvait dans une des meilleures maisons de santé du monde.

Alors pourquoi avait-elle le pressentiment d'une catastrophe ?

Elle jeta un coup d'œil par-dessus son épaule. Le salon était vide. Thanos travaillait. Il faisait chaud et elle eut soudain très envie de faire la planche dans l'eau. Regarder le ciel avec l'impression d'être en apesanteur…

Elle ne s'encombra pas d'une serviette et ne prit pas non plus la peine de se changer pour mettre un maillot. C'était une plage privée, sur une île privée, et elle serait sèche le temps de rentrer à la villa. Elle se déshabilla, ne gardant que sa culotte et son soutien-gorge, puis elle entra dans la mer et avança de quelques mètres avant de faire la planche. Elle resta un long moment à flotter sur le dos, les yeux fixés sur le ciel d'un bleu éclatant, avant de regagner le rivage en admirant l'immense villa, si belle dans son cadre enchanteur.

Si quelques semaines plus tôt elle avait essayé d'imaginer ce que serait sa vie une fois mariée à Thanos, ses prévisions auraient été bien loin de la réalité. Et sa vie dans un monde post-Thanos, parvenait-elle à l'imaginer ? Elle aurait de l'argent et la certitude que sa mère serait bien soignée jusqu'à la fin de ses jours. Mais plus Thanos.

Un trou béant s'ouvrit dans sa poitrine. Se réveiller sans Thanos, se coucher seule, prendre ses repas sans lui, ne plus discuter avec lui, ne plus rire avec lui… L'angoisse l'étreignit, plus vive que jamais.

Elle serait bientôt seule. Complètement seule.

Bien plus seule qu'avant. Parce que pendant quelque temps elle aurait connu la complicité, le partage, la joie d'être ensemble. Et qu'elle allait tout perdre.

Elle sortit de l'eau et redressa les épaules. Autrefois elle était tombée amoureuse de Clinton et il l'avait fait souffrir. Il lui avait brisé le cœur, mais elle s'en était remise. Elle avait tourné la page.

Quelle que soit la nature de ses sentiments aujourd'hui, elle surmonterait de nouveau l'absence, le moment venu. D'ici là, elle allait savourer chaque instant passé en compagnie de Thanos. Pas se torturer l'esprit au sujet d'un avenir menaçant.

Alice triturait son collier, faisant glisser le diamant d'un côté à l'autre sur la chaîne, un petit pli entre les sourcils. Un pli très présent ces derniers jours. Quelque chose avait changé entre eux, chez Kosta. Quoi ? Il ne saurait pas le dire, mais il y avait dans leurs caresses et leurs baisers une certaine anxiété. Une fébrilité qui n'avait rien à voir avec la passion. Un peu comme s'ils faisaient l'amour avec l'énergie du désespoir. Et il n'arrivait pas à savoir si ça venait d'elle ou de lui.

Thanos réprima un soupir. Paradoxalement, il n'avait pas assez d'expérience pour savoir ce qu'il pourrait dire pour la faire sourire de nouveau. Son expérience avec les femmes se limitait aux aventures d'une nuit. Au-delà, c'était l'inconnu. Il n'était pas fait pour les relations plus longues et plus intenses. Or, avec Alice, c'était sérieux. Il avait cru pouvoir se marier et même coucher avec elle sans rien changer à son comportement habituel, mais il s'était trompé. Avec Alice, tout était différent.

Cependant, ça ne changeait rien au fait que leur histoire touchait à sa fin. Pas seulement parce qu'ils s'étaient mis d'accord là-dessus, mais parce qu'il était incapable de vivre une relation au long cours. S'il avait toujours évité toute forme d'engagement, ce n'était pas par hasard. Il était nul dans ce domaine. Et il n'avait aucune raison d'essayer de changer. Malgré tout, il n'aimait pas voir Alice plisser le front.

— Tu vas finir par casser la chaîne, dit-il d'un ton qui se voulait taquin.

Elle lâcha aussitôt le diamant, l'air contrit.

— Je ne me rendais pas compte.

Il réprima un soupir impatient.

— Ça n'a pas d'importance.

Les étoiles scintillaient dans un ciel sans nuage.

— Kosta a dit quelque chose d'intéressant à ton sujet, déclara-t-elle.

— Ah bon ?

Elle but une gorgée de vin. Pour gagner du temps ?

— Il m'a dit qu'après le procès de ton père tu avais commencé à déraper.

Thanos eut l'impression de recevoir un coup de couteau dans le cœur.

— Oh ?

Alice hocha la tête d'un air embarrassé.

— D'après lui, ton frère veillait sur toi.

Il eut une moue d'autodérision.

— Je pense qu'il a raison.

— Tu es très proche de lui, n'est-ce pas ?

— De Kosta ? plaisanta-t-il, dans l'espoir de lui arracher enfin un sourire.

Elle en esquissa un, très pâle.

— Leo et moi, nous avons été élevés pratiquement comme des jumeaux à partir du moment où je suis arrivé chez lui.

— Il ne t'en voulait pas d'être là ?

— Peut-être, répliqua-t-il d'un ton crispé.

— Je ne veux pas dire qu'il aurait dû.

Elle posa la main sur la sienne, et il eut un pincement au cœur.

— Juste qu'il était lui aussi un petit garçon et que ton arrivée a dû lui faire un peu l'effet d'une bombe.

— Sûrement.

— Mais aujourd'hui vous êtes proches, n'est-ce pas ?

— Oui.

Il sourit parce qu'il voulait qu'elle lui rende son sourire. Et quand elle le fit, il crut que son cœur explosait dans sa poitrine.

— Il a l'air sympathique. Et j'ai bien aimé sa femme.

— Hannah ? Elle lui a fait beaucoup de bien.

— Comment ?

— Tu sais que sa première femme est morte ?

Alice hocha la tête. Elle l'avait appris dans la presse à l'époque, puis elle en avait de nouveau entendu parler quand elle avait commencé sa mission d'intérim chez Stathakis Corporation. Assassinée, avec le fils de Leonidas, Brax, en représailles contre Dion et ses activités criminelles. Elle réprima un frisson.

— Après ça, Leonidas s'est replié sur lui-même. Il s'est carrément mis en dehors de la vie. Il est devenu l'ombre de lui-même. C'était très dur de le voir comme ça.

— Mais c'est compréhensible.

— Peut-être au début. Mais au bout de quatre ans, je commençais à être inquiet. Je craignais qu'il ne se réveille plus jamais.

— Et elle l'a réveillé ?

Le sourire de Thanos fut spontané.

— Oui. Elle est tombée enceinte – inopinément – et il s'est retrouvé au pied du mur. S'il voulait avoir une place dans la vie de leur bébé, il était obligé de se rapprocher d'Hannah.

— Leur petite fille semble adorable.

— Elle l'est.

Le sourire de Thanos s'estompa.

— Je n'arrive pas à comprendre comment ton père a pu choisir d'ignorer ton existence, lui dit-il.

— Même chose pour le tien.

— Mais moi j'étais un cauchemar ambulant, rétorqua-t-il d'un ton léger. Alors que, toi, je suis sûr que tu étais adorable.

Elle fit la grimace.

— Pas vraiment, non.

Se penchant en avant, elle joignit ses doigts aux siens.

— Et tu ne penses pas sérieusement qu'il peut y avoir une raison valable de choisir d'ignorer son enfant, n'est-ce pas ?

Il ne répondit pas.

— Je suis arrivée à la conclusion, il y a longtemps, que mon père n'avait aucun sens moral. Que ses choix n'avaient rien à voir avec moi. Tu es conscient que c'est la même chose en ce qui concerne Dion et toi ?

— Je pense que je n'étais pas un enfant facile à aimer, répliqua-t-il d'un ton neutre.

Puis il libéra sa main avec un sourire contrit et prit son verre en tournant son regard vers la mer. Pourquoi son cœur battait-il aussi fort ?

— Je suis navrée que tu penses ça.

Il haussa les épaules.

— Il ne faut pas. J'ai pris l'habitude d'être seul au monde depuis très longtemps. J'aime être seul, Alice. Je suis fait pour ça.

12.

Quand Alice se réveilla en sursaut cette nuit-là, elle sut exactement pourquoi. Ce n'était plus de l'angoisse mais de la panique, pure et simple. Son front était trempé de sueur et elle avait du mal à respirer. Elle jeta un coup d'œil à Thanos avant de rabattre le drap et de se lever. Elle quitta la chambre en déshabillé de soie et descendit à la cuisine.

Il était minuit, l'heure du crime, l'heure où les idées noires étaient au zénith et l'espoir inexistant. Derrière la fenêtre, tout était noir, à l'exception de quelques reflets de lune sur la mer.

« J'aime être seul, Alice. »

Voilà ce qui l'avait réveillée. Les paroles de Thanos avaient hanté son sommeil et bloqué ses rêves, la plongeant dans le désespoir. Cette affirmation était fausse. Il ne pouvait pas en être autrement. Il avait choisi d'être seul pour se protéger. Elle était mieux placée que quiconque pour le comprendre. N'avait-elle pas fait la même chose ? Certes, elle avait souvent déménagé, mais choisir de ne pas se faire d'amis était une manière d'éviter la souffrance. La seule fois où elle s'était laissée aller à croire que peut-être quelqu'un pourrait l'aimer, elle avait été ramenée brutalement à la réalité.

Elle avait de nouveau choisi la solitude, et il avait fallu ce simulacre de mariage pour l'en sortir. Pour qu'elle découvre la joie indicible de partager son existence avec un homme, de se sentir bien en sa compagnie. Si bien qu'on n'imaginait plus la vie sans lui. Le cœur d'Alice fit un bond dans sa poitrine et elle s'assit sur un tabouret, frappée par l'évidence. Elle n'avait pas seulement apprécié la compagnie de Thanos. Elle en était arrivée à le considérer comme faisant partie d'elle-même. Ou l'inverse. C'était comme s'ils formaient un tout indivisible, qu'aucun divorce ne pouvait dissoudre. Et ce n'était pas le résultat de leur mariage. C'était dû à autre chose. Quelque chose de beaucoup plus important. Elle était tombée amoureuse de lui.

Elle l'aimait.

Elle l'aimait au point de ne pas supporter l'idée de le quitter. Impossible d'envisager qu'il pourrait ne pas partager ses sentiments. Qu'il pourrait attendre avec impatience que Kosta lui vende P & A afin de pouvoir reprendre sa liberté.

Reprendre la vie qu'il menait avant leur rencontre.

À cette pensée, Alice fut prise de nausée. Voir Thanos en compagnie d'une autre femme ? Le voir avec une sublime actrice ou top-modèle collée à lui ? Non. Ce serait bien trop douloureux…

Elle l'aimait. Comment ne s'en était-elle pas rendu compte plus tôt ? Sur le moment elle n'en avait pas eu conscience, mais dès le premier repas qu'ils avaient partagé – dans ce restaurant incroyable caché au cœur de Brooklyn – il s'était passé quelque chose en elle. Quelque chose d'énorme.

Il fallait qu'elle le lui dise.

Mais s'il ne l'aimait pas ? S'il ne partageait pas ses sentiments ? Elle déglutit péniblement. Il fallait rester lucide. C'était tout à fait possible. Son père ne l'avait pas aimée. Clinton ne l'avait pas aimée. Il l'avait laissée tomber et humiliée. Et si Thanos en faisait autant… Oh ! il ne la ferait pas délibérément souffrir, elle le savait. Mais s'il la regardait avec compassion et lui disait qu'il ne l'aimait pas ? Qu'il n'y avait aucun espoir qu'il l'aime ?

Elle survivrait. D'une manière ou d'une autre. Elle avait déjà survécu à une rupture. Moins dévastatrice que celle-ci risquait de l'être. Mais quand même très douloureuse. Et pourtant, elle s'en était remise. Elle s'en remettrait encore.

Ce dont elle ne se remettrait jamais, ce serait de n'avoir rien fait. De n'avoir pas dit à Thanos ce qu'elle ressentait pour lui. Elle pourrait vivre avec la perte. Mais jamais avec l'incertitude.

— Thanos. Tu dors ?

Il tressaillit et ouvrit les yeux sur l'obscurité de leur chambre. Depuis quand était-ce devenu « leur » chambre ? Cette pensée ne le perturba pas outre mesure. C'était provisoire. Il pouvait s'en accommoder.

— Oui.

Alice poussa un soupir impatient et lui toucha l'épaule.

— Je suis sérieuse. Il faut que je te parle.

Il réprima un grognement. Il avait envie de se rendormir. Il n'avait pas besoin de beaucoup de sommeil, juste quelques heures par nuit, mais pendant ces quelques heures il aimait dormir profondément sans être dérangé. Malgré tout, il y avait quelque chose dans le ton d'Alice… Il se redressa.

— Un problème ?

— Non. Si.

Elle laissa échapper un petit rire tremblant.

— Je ne sais pas.

— Qu'y a-t-il, *agape* ? demanda-t-il avec une pointe d'inquiétude.

Elle déglutit péniblement avant de répondre d'une voix hésitante.

— Je… Je n'arrivais pas à dormir.

Il pouffa.

— Alors tu as décidé de me réveiller pour que je partage ton insomnie ?

Elle se mordit la lèvre, mais il n'y avait pas assez de lumière pour bien voir son visage. Il alluma la lampe et ils cillèrent tous les deux.

— Il faut que je te parle.

— Je t'écoute.

Elle resta silencieuse. Elle paraissait chercher ses mots, mais ce n'était pas tout. Elle semblait anxieuse. Stressée. Il ne l'avait pas vue dans cet état depuis le premier jour au bureau, quand elle épluchait ses factures impayées, le teint gris et le regard hanté.

— Dis-moi.

Quel que soit le problème, il allait le régler. Argent, santé, sa mère ?

— Alice ? Je ne peux pas t'aider si tu ne m'expliques pas.

— J'essaie…

— Fais plus d'efforts.

Lorsqu'elle finit par parler, ce fut d'une voix tremblante.

— Qu'est-ce que nous faisons ?

— Pardon ?

— Toi, moi.

Elle pointa son doigt vers lui, puis vers elle.

— Qu'est-ce que c'est ?

Il fut assailli par une émotion qu'il ne parvint pas à identifier. Remords ? Agacement ? Frustration ?

— Ça. Notre mariage. Je… Je n'arrive pas à comprendre.

Il posa la main sur son bras et le caressa doucement.

— Qu'y a-t-il à comprendre ?

Que voulait-elle dire ? Il chercha son téléphone du regard pour vérifier l'heure.

— Alice, il est 2 heures du matin. Il y a trois heures nous faisions l'amour, et maintenant on dirait que tu as vu une armée de fantômes. Que s'est-il passé ?

Un bruit étrange, comme un sanglot étranglé, s'échappa de la gorge d'Alice. Il la considéra avec une inquiétude croissante.

— Je n'arrivais pas à dormir.

— Ça, tu me l'as dit.

Elle hocha la tête, se leva et se dirigea vers la fenêtre. Dans son déshabillé de soie noire, elle était incroyablement sexy. Il n'avait qu'une envie, la prendre dans ses bras et laisser le plaisir effacer de son esprit ce qui la préoccupait.

— Depuis plusieurs jours, j'ai le pressentiment d'une catastrophe. Au point d'être réveillée par des crises d'angoisse. Des attaques de panique. Je ne comprenais pas pourquoi, parce que tout va très bien. Tout est parfait, en réalité.

Elle se retourna vers lui, l'air égaré.

— Et c'est un problème ? demanda-t-il avec perplexité.

— Oui. Je pense que ça pourrait en être un.

Il laissa échapper un rire bref.

— Pourquoi ?

— Parce que c'est si parfait que j'ai envie que ça dure.

Elle se mordit la lèvre.

— J'ai envie que ça dure toute la vie.

Toute la vie. Il éprouva une répulsion instinctive. « Toute la vie », ça n'existait pas. Le bonheur parfait non plus.

— Je suis tombée amoureuse de toi, Thanos.

La voix d'Alice se brisa et elle se tut. Comme si elle attendait qu'il dise quelque chose. Mais comment pourrait-il dire quoi que ce soit ? Il était incapable d'émettre le moindre son. C'était à son tour d'être pris de panique…

— Je ne voulais pas, murmura-t-elle en croisant les bras sur sa poitrine. Je m'étais juré que ça ne m'arriverait plus jamais. J'avais tiré un trait sur les hommes.

Visiblement irritée contre elle-même, elle prit une profonde inspiration.

— Et puis tu es apparu. Tu étais différent. Très différent de tous les gens que j'avais pu rencontrer et de l'idée que je me faisais de toi.

Il resta muet, pétrifié, tandis qu'elle le rejoignait et s'agenouillait devant lui pour pouvoir le regarder dans les yeux.

— Je n'arrivais pas à comprendre pourquoi j'étais angoissée. Mais hier soir, quand tu as dit que tu aimais être seul, que tu étais fait pour ça, j'ai compris. Je ne veux pas être seule. Mais je ne veux pas être avec n'importe qui non plus. Je veux être avec toi.

Non. Surtout pas. Il était facile d'imaginer l'avenir tel

qu'elle le peignait. Pas de point final à ce mariage, la vie avec elle jour après jour sans autre raison que le plaisir d'être ensemble. Oui, il l'imaginait très bien. Et bon sang, il avait envie d'être d'accord, de reconnaître que ce mariage s'était révélé très différent de ce qu'il avait prévu. Sauf qu'il y avait *toujours* un point final. Toutes les relations se terminaient tôt ou tard, et il préférait savoir quand et pourquoi plutôt que d'être pris au dépourvu. Il avait besoin de limites bien définies.

— Alice, commença-t-il avec circonspection. Qu'attends-tu de moi ?

Elle eut une hésitation imperceptible.

— Je veux savoir ce que tu ressens.

— Ce que je ressens ? répéta-t-il d'un ton involontairement agressif.

— Oui.

Des étincelles de courage s'allumèrent dans les yeux d'Alice.

— Parce que je ne pense pas être la seule à être tombée amoureuse.

Il se raidit. L'amour était un terrain miné sur lequel il n'avait pas l'intention de s'aventurer. Rien que d'y penser, il avait le vertige.

— Je ne t'ai jamais donné la moindre raison de croire que l'amour était au programme.

Elle tressaillit et des larmes brillèrent dans ses yeux.

— Tu crois ?

— Je le sais. J'ai été très prudent sur ce point.

— Menteur, murmura-t-elle d'une voix où perçait la colère.

— Depuis le début nous avons tous les deux été très clairs sur les conditions de ce mariage.

— Nous avons fait le contraire de ce que nous avions dit, marmonna-t-elle.

Le cœur de Thanos se serra. Il y avait du vrai là-dedans… Quel idiot ! Comment avait-il pu être aussi imprudent ? Toute sa vie, il avait respecté une règle de base qui lui avait réussi. Ne jamais s'engager dans une relation suivie avec une femme. Il avait baissé une seule fois sa garde, et voilà le résultat. Un véritable gâchis. Il ne voulait pas qu'Alice soit malheureuse. Il ne voulait pas qu'elle souffre. Et encore moins qu'elle s'en aille. Or quelque chose lui disait que c'était ce qu'elle allait faire s'il ne redressait pas la barre.

— J'aime être avec toi. N'est-ce pas suffisant ?

À son grand soulagement, elle leva les yeux vers lui sans rien dire. Ce silence était un signe encourageant…

— Tu penses que tu es amoureuse de moi, mais c'est sans doute purement physique. Nous nous entendons bien. Incroyablement bien. Pourquoi changer quoi que ce soit ? Nous devrions continuer à savourer les moments exceptionnels que nous partageons. En évitant de trop penser à l'avenir.

Dès qu'elle se leva, il sut qu'il n'avait pas trouvé les bons mots.

— L'avenir est déjà là.

Elle se mordit la lèvre. Pour ne pas pleurer ? Il sentit son cœur se serrer.

— Je ne « pense » pas que je suis amoureuse de toi. Je le sais. Et le sachant, je ne peux pas continuer à jouer mon rôle de jeune mariée et à faire l'amour avec toi…

Sa voix se brisa.

— … si pour toi je ne compte pas.

Il se leva à son tour et la prit dans ses bras. Impossible de la laisser dire ça. C'était si loin de la vérité !

— Je n'ai pas dit que tu ne comptais pas pour moi. Je veux juste éviter que tu assimiles le sexe à l'amour.

— Ce n'est pas seulement le sexe, protesta-t-elle en pressant sa joue contre son torse. C'est tout ce que je ressens quand nous sommes ensemble. Quand je dîne avec toi. Quand je me réveille auprès de toi. Je t'aime. J'aime ton esprit, tes idées, ta passion, ta détermination. J'aime tout chez toi. Je suis éperdument amoureuse de toi, et ça me rendra malade de rester avec toi si je suis obligée de feindre l'indifférence et si je sais que tu ne partages pas mes sentiments. Je ne pourrai pas. J'en serai tout simplement incapable.

Il s'écarta juste assez d'elle pour lui prendre le menton et l'obliger à le regarder.

— Alors que veux-tu ?

Elle le regarda d'un air incrédule et ouvrit la bouche. Il fut pris de panique. Quel idiot ! Il devait dire quelque chose, autre chose. La supplier de rester, lui promettre le nécessaire pour la garder avec lui. Lui mentir s'il le fallait !

Non. Il ne pouvait pas faire ça.

Il ne pouvait pas lui dire qu'il l'aimait, alors que ce n'était pas vrai. Mais alors quoi ? Il était en train de perdre la raison. Plus rien n'avait de sens.

— Je veux rentrer chez moi.

La voix d'Alice était rauque.

— Je sais que nous avons passé un accord. Je peux essayer de te rembourser ce que tu as déjà dépensé pour maman. Ça me prendra du temps, mais…

— Arrête. Sérieusement… Tu penses que l'argent me préoccupe ?

Elle dégagea son menton et détourna les yeux.

— Je pense que tu me payes très cher pour un mariage auquel je suis en train de mettre fin.

— Tu as respecté ton contrat, marmonna-t-il en passant la main dans ses cheveux. Tu as vu Kosta, par conséquent je considère que tu as rempli tes obligations.

Elle ferma les yeux un instant.

— Dans ce cas, je n'ai plus aucune raison de rester.

Il avait de nouveau huit ans. Le sol se dérobait sous ses pieds, tous ses repères se brouillaient, son univers basculait. Il avait huit ans, et il perdait quelqu'un d'important et d'unique dans sa vie. Sauf que cette fois c'était différent, parce que c'était lui qui prenait la décision. C'était lui qui tenait la barre. Pourquoi cette pensée ne le rassurait-elle pas ?

En fait, il n'avait pas le choix. Offrir à Alice ce qu'elle

attendait ? Impossible. Il n'était même pas question d'essayer. Il savait ce qu'elle avait enduré à cause de Clinton. Comment pourrait-il être assez ignoble pour lui faire revivre ça ?

— Je suis désolé. J'ai été trop insouciant avec toi. J'aurais dû prendre plus de précautions pour éviter ça.

Une larme roula sur la joue d'Alice et il eut l'impression qu'une poigne d'acier lui broyait le cœur. Il ne fit pas un geste. Impossible de la toucher. Il ne s'en sentait plus le droit. Elle déglutit péniblement, très pâle.

— Et maintenant ?

Surpris, il entrevit une lueur d'espoir. Cette question ne suggérait-elle pas qu'elle pouvait encore changer d'avis ?

— Je ne peux pas partir de l'île sans ton aide.

Logistique. La lueur d'espoir s'éteignit et un grand froid l'envahit. Bon sang, il n'avait aucune envie qu'elle s'en aille !

— Tu veux passer la nuit ici ?

La lueur se ralluma. Juste une nuit. Une dernière nuit à la serrer contre lui, à s'enivrer de son parfum, un dernier matin à se réveiller avec elle. Elle secoua la tête, l'air affolé. De nouveau il sentit la poigne d'acier se refermer sur son cœur. La panique et le chagrin la submergeaient à cause de lui et il ne pouvait rien pour elle… Le seul remède qui lui rendrait le sourire, il était incapable de le lui procurer. Tout ce qu'il pouvait faire, c'était lui faciliter les choses. Arrêter de penser à lui et l'aider à partir, à rentrer chez elle. L'aider à l'oublier. La poigne d'acier se resserra encore.

— Je vais t'emmener à mon hôtel d'Athènes, dit-il d'un ton neutre. Tu y passeras la nuit, et si demain matin tu as toujours envie de rentrer aux États-Unis, mon jet t'y emmènera.

Elle hocha la tête en fuyant son regard.

— Merci.

« Merci » ? Thanos fut accablé de remords. S'il avait une certitude, c'était bien qu'il ne méritait pas qu'elle le remercie !

13.

— Elle va mieux.

Alice leva un regard perplexe vers l'infirmière. Qu'avait-elle dit ? Elle n'avait pas entendu.

— Votre mère. Elle va mieux.

Alice se tourna de nouveau vers Jane Smart et la vit d'un œil nouveau. C'était vrai. Il y avait longtemps qu'elle n'avait pas eu aussi bonne mine. Non seulement l'établissement était doté d'équipements à la pointe de la technologie, mais il proposait des services supplémentaires fantastiques. Chaque jour, Jane était emmenée dans un magnifique jardin conçu à l'attention des patients dans le coma.

— Les recherches les plus récentes indiquent que beaucoup de nos patients réagissent encore à certains stimuli externes. Le soleil, la chaleur, une légère brise, le gazouillis des oiseaux…, avait expliqué le directeur de l'établissement. Et de toute façon, ça ne peut pas faire de mal.

Alice avait hoché la tête en souriant. Elle avait réagi comme elle était censée réagir, alors qu'en réalité elle ne ressentait rien. Elle avait l'impression d'être un zombie. Vidée de sa substance, elle bougeait comme une vivante alors qu'elle ne vivait plus qu'à moitié. Ça durait depuis deux mois. Depuis qu'elle avait quitté Stathera Prasino.

Elle avait eu tort d'avouer ses sentiments à Thanos, parce que rien n'aurait pu être pire que ce qu'elle endurait. Rester avec lui, même en sachant qu'il ne l'aimait pas, aurait été préférable à ce sentiment de vide permanent.

Elle avait eu tort de penser qu'elle s'en remettrait. Tort d'imaginer que cette souffrance s'apparentait, même de loin, à ce qu'elle avait éprouvé quand Clinton l'avait humiliée. Même le traumatisme du rejet de son père, qu'elle traînait comme un boulet depuis toujours, n'était rien en comparaison du manque dévastateur qui la rongeait jour après jour. À chaque minute. Depuis deux mois. Deux mois s'étaient écoulés depuis qu'ils avaient effectué en silence le vol jusqu'à Athènes. Deux mois depuis qu'il l'avait accompagnée jusqu'à la suite penthouse qu'il lui avait réservée dans son palace, en tirant derrière lui la luxueuse valise remplie de tenues plus chics les unes que les autres. Deux mois depuis qu'il s'était effacé pour la laisser ouvrir la porte, puis qu'il s'était immobilisé sur le seuil en maintenant celle-ci entrouverte et en plongeant son regard dans le sien.

— Si tu changes d'avis…, avait-il dit en laissant sa phrase en suspens.

Mais elle avait su tout de suite qu'elle ne saisirait jamais cette perche. Même si elle changeait d'avis – ce qui lui était arrivé des centaines de fois – et si elle décidait que finalement elle était prête à tout pour quelques nuits de plus avec Thanos.

Elle avait au moins la satisfaction d'être restée forte. Elle était fière de ne pas avoir flanché. Elle était rentrée à New York, et à peine une semaine plus tard elle était passée au bureau de son avocat pour y déposer la bague et le collier. Ne garder aucun souvenir de leur mariage avait été un besoin vital. Il n'avait pas accusé réception, mais la semaine suivante elle avait reçu le titre de propriété et les clés d'un appartement dans l'Upper East Side. Elle avait pris un taxi pour aller le voir et elle avait eu l'impression de se retrouver dans un conte de fées macabre. Jamais elle n'aurait pu imaginer un luxe aussi inouï. Quatre chambres immenses, deux espaces de vie séparés, décor et meubles dignes d'une reine, piscine sur la terrasse à double exposition, avec vue sur Central Park d'un côté, et sur la ville de l'autre.

Elle n'y avait pas encore séjourné. Impossible de s'y résoudre sans savoir si Thanos y avait vécu ou s'il l'avait acheté en pensant à elle. Dans un cas comme dans l'autre, elle ne s'y sentirait pas bien.

— Je pense qu'elle aime le soleil.

L'infirmière parlait toujours. Ramenée au présent, Alice accrocha un pâle sourire à ses lèvres.

— Elle l'a toujours aimé.

Des larmes noyèrent ses yeux. Des larmes pour Thanos, pour Jane, pour elle-même, pour son père, des larmes qui coulaient pour un oui ou pour un non depuis qu'elle avait quitté la Grèce.

— Je vous laisse, dit l'infirmière en lui pressant l'épaule.

Une fois seule, Alice posa la main sur celle de sa mère en murmurant :

— Tu as tenu le coup. J'aimerais savoir comment tu as réussi.

Serait-ce plus supportable si elle avait un enfant ? se demanda-t-elle tout à coup. Le bébé de Thanos. Cette idée lui arracha un gémissement étouffé. Juste un petit bout de lui… Ça aurait mis un peu de chaleur dans son cœur. Ça aurait comblé une petite partie du vide. Mais après ? Aurait-il insisté pour qu'ils restent mariés ? Et elle aurait été prise au piège d'un mariage sans amour avec un homme qui aurait sans aucun doute fini par lui en vouloir un jour ou l'autre. Laissant échapper un nouveau gémissement, elle appuya le front contre la main de sa mère et ferma les yeux.

Elle rendait visite à sa mère tous les jours. Elle avait besoin d'une routine quotidienne, d'une occupation qui lui occupe l'esprit. Et voir sa mère lui rappelait au moins qu'elle n'était pas seule au monde.

Un troisième mois passa. Elle ne se sentait toujours pas mieux, mais cela viendrait sûrement un jour, non ?

— Tu avais dit que c'était juste pour donner le change, dit Leonidas en promenant sur le bureau de Thanos un regard incrédule.

La pièce d'ordinaire impeccablement rangée avait tout d'un capharnaüm.

— C'était vrai.

— *Pséftis*. Si c'était juste pour donner le change, tu ne vivrais pas d'alcool et de café trois mois après qu'elle t'a quitté.

— Je t'ai déjà répété cent fois qu'elle ne m'a pas quitté, objecta Thanos d'un ton vif en saisissant son verre de whisky.

Vide…

— Nous avons décidé d'un commun accord que le moment était venu d'arrêter la comédie. L'objectif était atteint. En ce moment même, Kosta rédige les papiers de la vente.

Leonidas darda sur son frère un regard pénétrant.

— Ah oui ? Alors pourquoi n'es-tu pas en train de fêter la bonne nouvelle ?

— Qui te dit que je ne suis pas en train de le faire ?

Leonidas eut un rire moqueur.

— Tu broies du noir. C'est tout le contraire.

Serrant les dents, Thanos se resservit un whisky. Il tendit la bouteille à Leonidas, qui refusa d'un signe de tête avant de demander d'un ton véhément :

— Tu sais à quoi je pense quand je regarde Isabella ?

— À quoi ?

— À la responsabilité que ça représente d'être père. À notre enfance. Aux innombrables fois où notre père nous a fait faux bond. Aux disputes incessantes de mes parents qui me donnaient une image déplorable des relations de couple. Je pense que j'ai failli laisser Hannah s'en aller parce que j'étais devenu incapable d'aimer.

Leonidas baissa la voix et dit d'un ton plus calme :

— Je pense à toi et à ce que tu as dû ressentir quand ta mère a littéralement perdu espoir en toi.

Thanos se raidit et but une rasade de whisky en grimaçant.

— Je pense que tourner le dos à son enfant ne devrait pas être possible, poursuivit Leonidas. L'idée de ne plus jamais voir Isabella m'est insupportable. J'en ai mal partout.

Il secoua la tête avant d'ajouter :

— Ta mère t'a abandonné. Elle a choisi de ne pas t'aimer et depuis tu ne te sens pas digne d'être aimé.

Thanos finit son whisky et fixa le fond de son verre. Il voulait que son frère s'en aille. Il voulait rester seul. Et surtout, ne plus entendre ce genre de discours.

— Tu n'as pas digéré le fait que ta mère t'ait trahi, puis que ton père t'ait trahi, alors que tu méritais mieux. Et maintenant, tu en remets une couche en te trahissant toi-même.

— Tu ne sais pas de quoi tu parles.

— Tu l'aimes, n'est-ce pas ?

Thanos foudroya son frère du regard.

— Pour la dernière fois, non ! Je ne l'aime pas, d'accord ?

Sur ces mots, il fracassa son verre contre le mur.

— Tu bousilles toujours tout, commenta Leonidas avec la franchise que seul un frère pouvait se permettre.

— Oh ! va au diable.

Thanos n'avait pas bu une goutte d'alcool depuis deux semaines et il regrettait de ne pas avoir un verre à portée de main. Il était assis en face de Kosta sur la terrasse dont il gardait un souvenir inoubliable. Lors de sa dernière visite, il y avait été assis à côté d'Alice, un bras autour de ses épaules. Son corps souple et chaud contre le sien, son parfum, sa douceur, sa volonté de jouer son rôle au mieux pour l'aider à atteindre son objectif, tout cela attisait son désir. Aujourd'hui il était dans un état d'esprit très différent. Le temps aussi était différent. Le ciel gris déteignait sur la mer qui moutonnait.

— Je regrette qu'Alice n'ait pas pu venir, murmura Kosta.

Cette lueur de compassion dans ses yeux, était-ce un effet de son imagination ? se demanda Thanos. Il ignora cette remarque et alla droit au but sans se soucier d'être grossier.

— Les contrats sont prêts ?

Kosta hocha lentement la tête.

— Elle est souffrante ?

Quelqu'un, quelque part, avait raconté ce petit mensonge à Kosta Carinedes lors de l'organisation de ce rendez-vous. Son assistante ? Il n'en savait rien.

Kosta regarda la mer, la mine sombre.

« Elle est souffrante ? » C'était une question très simple, mais il était incapable d'y répondre. Thanos eut soudain du mal à respirer. Il n'avait aucun moyen de savoir si Alice allait bien. Toutes les relations étaient rompues. Il ne savait même pas si elle était toujours aux États-Unis… Le désespoir le submergea comme c'était souvent le cas depuis trois mois et demi.

Comment avait-il pu avoir cette idée ridicule ? Feindre d'être marié pour acheter une société au-dessus de sa valeur réelle à un homme qui tenait à vendre… Ridicule, ridicule, ridicule. Pour la première fois depuis plus de dix ans, récupérer Peto ne lui paraissait plus vital. Ce n'était pas sa principale préoccupation. Loin de là. Cette acquisition lui paraissait même soudain sans intérêt.

— Elle m'a quitté, déclara-t-il. Nous nous sommes mariés uniquement pour mieux vous convaincre de vendre.

Kosta ne réagit pas. Thanos baissa la tête et passa la main dans ses cheveux.

— À l'époque j'étais prêt à tout pour acquérir Peto.

Kosta resta silencieux et attentif. Une attitude qui troubla Thanos parce qu'elle lui rappela son grand-père.

— Ça semblait très simple. Vous vouliez que je me case, alors je l'ai fait. En apparence, du moins.

— Vous n'avez pas changé de style de vie ?

— Ce n'est pas ce que j'ai voulu dire.

— Vous pratiquez toujours la séduction comme un sport de haut niveau ?

Thanos crispa la mâchoire.

— Parce que je ne vous ai pas vu une seule fois en photo dans la presse depuis votre mariage.

Reprendre la vie qu'il menait avant Alice ? C'était inconcevable. Thanos secoua la tête.

— Je ne suis pas ici pour discuter de mon mariage.

— Vous venez de m'avouer que votre mariage est dû à mon ultimatum. Vous ne croyez pas que j'ai le droit de comprendre ?

— Il n'y a rien à comprendre. C'est terminé. C'était un mensonge.

Kosta secoua la tête, le regard plein de pitié.

— Non.

— Vous ignorez de quoi vous parlez.

— J'en sais beaucoup plus que la plupart des gens.

Kosta se pencha en avant.

— Thanos ? Je vous aime bien.

Thanos grimaça. Il se sentait encore plus mal que tout à l'heure… Kosta était un homme bon, à qui il avait menti. Qu'est-ce qui lui avait pris ?

— Je vous ai toujours bien aimé. Plus que je ne le montrais. Un jour, votre grand-père m'a raconté une histoire à votre sujet. Vous étiez à une réception en Europe, où une princesse a fait un discours. Elle a expliqué que son fils avait construit une très belle tour en Lego, qui mesurait soixante centimètres de haut et qui avait une porte, des fenêtres et des tourelles. Nicholas s'est penché vers moi en souriant, l'air très fier, et il m'a dit qu'un été vous aviez décidé à votre tour de construire une maison à l'aide de cailloux provenant de la plage.

» D'après lui, vous descendiez tous les matins avec un

sac en toile que vous remplissiez et que vous rapportiez au jardin, où vous travailliez. Il vous a fallu des mois, mais caillou après caillou, vous avez réussi. Sur le moment, je ne l'ai pas vraiment cru. Les grands-pères exagèrent toujours les exploits de leurs petits-enfants. Mais environ un an plus tard, je suis allé sur son île et elle était là, toujours debout, la petite maison que vous aviez construite. Parce que vous l'aviez décidé.

Thanos se remémora le poids des cailloux, le soleil qui lui brûlait le dos, les écorchures sur ses mains. Il serra les dents.

— Où voulez-vous en venir ?

— J'ai su à ce moment-là que vous accompliriez tout ce que vous décideriez. Vous avez un talent rare qui vous prédispose à la réussite. Quand vous vous fixez un objectif, rien ne peut vous décourager. Je savais ce que je faisais le jour où je vous ai dit que je ne vous vendrais pas P & A tant que vous ne seriez pas devenu adulte.

Thanos éprouva un sentiment très désagréable. Il aurait été manipulé ?

— Vous saviez ? Que ce n'était pas un vrai mariage ?

Kosta haussa les épaules.

— Je le soupçonnais.

— Bon sang. Pourquoi n'avez-vous rien dit ?

— Parce que je ne pouvais pas en être certain. Vous êtes la personne la plus indiquée pour diriger P & A, comme vous l'avez répété souvent. J'ai acheté Peto pour préserver son avenir. Je n'ai jamais vraiment considéré qu'elle m'appartenait. Quant à P & A, comme je viens de vous le dire, à mes yeux, c'est vous le meilleur repreneur.

Thanos poussa un soupir impatient.

— Toute cette histoire aurait pu être évitée…

— Et vous auriez raté l'occasion d'apprendre une leçon très utile.

— Ah oui ? Laquelle ? Comment faire souffrir une femme innocente, belle et généreuse ?

— À propos de l'amour, rectifia Kosta d'un ton patient.

Thanos se leva d'un bond, incrédule.

— Pardon ? Vous vouliez jouer les entremetteurs ?

Le rire de Kosta contrastait avec la colère de Thanos.

— Je m'attendais à ce que vous épousiez une des fêtardes que vous fréquentez habituellement. Je pensais que ça vous inciterait au moins à adopter un rythme de vie plus calme et, avec un peu de chance, à apprécier les bons côtés de la vie à deux.

— Vous vous trompiez sur toute la ligne !

— Oui, parce que vous avez choisi Alice et qu'elle vous aime. Et je ne doute pas un instant que ses sentiments sont partagés.

— Comment savez-vous qu'elle m'aime ?

— Seul un imbécile ne s'en serait pas rendu compte.

Le cœur de Thanos se serra. Oui, Kosta avait raison. Seul un imbécile… Avait-il compris qu'elle l'aimait et refusé d'agir en conséquence ? Son cœur battait si fort qu'il semblait sur le point de bondir hors de sa poitrine.

— Je suis venu ici pour signer ces contrats, rappela-t-il.

— Et nous allons le faire. Mais laissez-moi d'abord vous dire une chose.

— J'en ai assez de parler d'Alice !

— Très bien. Après, nous n'en parlerons plus. Mais acceptez d'écouter une dernière fois un vieil homme qui appréciait et respectait votre grand-père, et qui vous apprécie vous aussi. Un vieil homme qui ne veut pas vous voir gâcher votre vie par peur.

— Par peur ? s'exclama Thanos avec incrédulité.

— Je sais ce que c'est de vivre sans la personne qu'on aime. J'ai perdu mon fils.

La voix de Kosta n'était plus qu'un murmure à peine audible entre le bruit des vagues et le roulement lointain du tonnerre.

— J'ai perdu ma femme. Dans les deux cas, je n'ai pas eu d'autre choix que de subir leur absence. Mais vous, vous avez le choix. Alice est là quelque part. Elle vous aime et vous l'aimez. Tout ce que vous avez à faire, c'est tendre les mains vers elle, mais vous avez trop peur.

Le cœur de Thanos se serra. À quoi bon nier plus longtemps l'évidence ?

— Et si elle décide que finalement elle ne m'aime pas ?

— Et si elle ne change pas d'avis ? Imaginez-vous dans cinquante ans. Vous serez un homme comme moi en train de regarder la mer et de se remémorer une vie entière de bonheur et de souvenirs que vous n'échangeriez pas contre la plus grosse fortune du monde.

La gorge nouée, Thanos avait soudain hâte de signer les papiers et de quitter Kalatheros. Pas pour prendre possession de P & A. Non, c'était ailleurs qu'il devait aller au plus vite.

Courir faisait du bien. Elle n'avait jamais été très sportive, mais à l'abattement et à la dépression avait succédé une agitation fébrile qui la réveillait la nuit. Si bien qu'elle avait pris l'habitude de courir. Et sans modération. Elle s'efforçait de faire huit kilomètres matin et soir.

Ça faisait du bien. Elle ne dormait pas mieux, mais la fatigue physique l'aidait à rester allongée sur le canapé devant la télé sans trop penser à ce que serait sa vie si elle n'avait pas avoué ses sentiments à Thanos.

Seraient-ils toujours mariés ? Dormiraient-ils toujours ensemble, bercés par le bruit des vagues à Stathera Prasino ? Peut-être. Peut-être pas. Il aurait probablement signé le contrat avec Kosta et mis fin à leur mariage devenu sans objet. À cette pensée, elle sentit son cœur se serrer. Elle avait fait le bon choix. Il valait beaucoup mieux avoir pris elle-même l'initiative de partir plutôt qu'avoir été priée de faire ses bagages. Elle courut dans Central Park puis dans les rues voisines entre les piétons, les vélos, les voitures, les calèches pleines de touristes. Les cheveux nattés, et des écouteurs dans les oreilles pour assourdir le bruit de la ville.

Quand elle arriva devant l'immeuble où se trouvait l'appartement que Thanos lui avait acheté et dans lequel elle avait fini par s'installer, elle reprit son souffle un instant avant de sourire au portier puis de pénétrer dans le hall de marbre blanc et de verre. Elle enleva ses écouteurs en arrivant devant l'ascenseur et appuya sur le bouton d'un geste plus rageur que nécessaire. Les portes s'ouvrirent et elle entra dans la cabine. Alors que celles-ci se refermaient, une main se glissa entre les deux pour les rouvrir. Alice se retourna et chercha sur le panneau de commande le bouton approprié.

Avant qu'elle ait le temps de le trouver, la main réussit à écarter les portes. Et Thanos entra dans la cabine.

14.

Elle resta muette. Une foule de mots tourbillonnaient dans son esprit mais aucun ne sortait de sa bouche. Elle dévorait Thanos des yeux, incapable de regarder ailleurs malgré les injonctions de son cerveau, qui tentait en vain de lui rappeler qu'il lui avait brisé le cœur et qu'il ne faisait plus partie de sa vie. De son côté, il scrutait son visage comme s'il tentait d'y lire tout ce qu'elle avait fait pendant les trois mois et demi qui s'étaient écoulés depuis qu'elle avait quitté l'île.

Lorsque la cabine démarra, elle retrouva ses esprits.

— Que fais-tu ici ?

— Ça ne te semble pas évident ?

— Non.

— Je suis venu te voir.

Le cœur d'Alice fit un bond dans sa poitrine.

— Pourquoi ?

— J'ai une faveur à te demander.

— Une faveur ? Sérieusement ?

Il hocha la tête. Au même instant, les portes se rouvrirent et elle le foudroya du regard. L'envoyer au diable était tentant. Mais comment s'y résoudre ? Elle venait de passer d'interminables semaines à rêver de pouvoir remonter le temps et ravaler ses aveux. À rêver de pouvoir passer encore un peu de temps avec lui. Mais ça n'empêchait pas qu'elle était en colère. Comment osait-il débarquer chez elle sans prévenir au bout de trois mois et demi pour lui demander une faveur ? Oui, elle était furieuse. Mais avant tout elle était amoureuse. Prête à tout pour quelques minutes en sa compagnie…

— Que veux-tu ? lança-t-elle dès qu'ils furent dans l'appartement.

Son ton était loin d'être aimable, mais il ne releva pas.

— Kosta et moi, nous avons signé le contrat. Il est à New York et il a demandé si tu étais libre pour fêter ça ce soir. Champagne au Stathakis.

Elle eut l'impression que son cœur se ratatinait d'un coup.

— Thanos, tu n'es pas sérieux ?

— Je n'ai jamais été aussi sérieux de ma vie.

Elle s'écarta de lui, les yeux noyés de larmes.

— Pourquoi ?

— Parce que ça fait partie de notre accord, qui n'est pas encore tout à fait terminé.

— Tu avais décrété qu'il l'était.

— Je me trompais. Juste une heure.

— Une heure ?

La gorge nouée, elle le regarda avec incrédulité. Il n'avait pas conscience de sa souffrance ? Ni de la cruauté de cette demande ? Malgré tout… Elle pensa à sa mère qui semblait aller mieux, à la façon dont sa propre vie avait changé depuis qu'elle l'avait rencontré. Mais une pensée surtout s'imposa à elle. Il ne l'avait pas fait délibérément souffrir. Il avait été honnête avec elle dès le départ. Et de son côté, elle n'avait pas envie de le laisser tomber. Il avait besoin d'une dernière faveur. Pouvait-elle la lui refuser ? Cette heure allait remuer le couteau dans la plaie, mais tant pis. Le cœur serré, elle hocha la tête.

— Juste une heure. Après tu repars et tu oublies mon existence.

— Rendez-vous à l'hôtel à 18 heures. Tu te souviens de la suite ? demanda-t-il en sortant une clé électronique de sa poche de poitrine.

Elle déglutit péniblement.

— On ne pourrait pas plutôt se retrouver au bar ?

— Non, ça risquerait d'éveiller les soupçons de Kosta.

Elle n'aurait pas dû accepter. Alice se regarda dans les miroirs du hall, devant la porte de la suite penthouse. Elle avait choisi une robe noire de coupe sobre mais flatteuse, et des talons aiguilles noirs dont les semelles étaient assorties à son rouge à lèvres. Ses cheveux flottaient librement sur ses épaules. La coiffure qu'il préférait… Elle sortit la clé électronique de son sac avec des doigts tremblants. Au moment de l'insérer dans la fente, elle se ravisa et frappa à la porte. Pas de réponse. Elle sonna. Toujours rien. Elle ouvrit donc. La suite était plongée dans l'obscurité.

— Thanos ?

Elle chercha un interrupteur à tâtons, alluma la lumière, et laissa échapper une exclamation stupéfaite tandis que son cœur s'affolait.

Le sol était jonché de pétales de roses rouges.

— Thanos ?

Un bruit attira son attention et elle gagna le salon. Une nouvelle exclamation lui échappa. La terrasse était éclairée par des bougies. Des dizaines de bougies. Le cœur battant de plus en plus fort, elle franchit la baie vitrée. Des bouquets de roses étaient éparpillés un peu partout. De superbes roses rouges à longues queues. Elle en effleura une, la gorge nouée. Puis elle chercha Thanos du regard. Oui, il était là. Près de la balustrade, en costume noir, sans cravate. Il l'enveloppait d'un regard si intense qu'elle fut envahie par une vive chaleur.

— J'ai dit la vérité à Kosta.

— Pardon ?

— Je lui ai dit la vérité au sujet de notre mariage.

— Mais alors… pourquoi veut-il me voir ?

Thanos esquissa un sourire.

— Il ne veut pas. Il n'est pas à New York. Je l'ai inventé.

— Pourquoi ?

— Je voulais te voir.

— Tu m'as vue tout à l'heure.

— Je voulais que tu viennes ici.

Il indiqua d'un geste les roses et les bougies.

— Je ne comprends pas…

— Je n'aurais jamais dû te laisser partir. J'ai…

— Non, coupa-t-elle d'un ton vif. Ne t'imagine pas que tu peux réapparaître après tout ce temps – plus de trois mois – et tout arranger avec quelques belles paroles.

Elle darda sur lui un regard furieux, soulagée d'être en colère. C'était exactement ce qu'il lui fallait pour se protéger. Il lui prit le visage à deux mains.

— Je regrette de t'avoir fait souffrir.

C'était la seule chose qui pouvait lui mettre du baume au cœur et il l'avait dite… Elle ferma les yeux mais ça n'empêcha pas les larmes de rouler sur ses joues.

— Je regrette de ne pas avoir perçu plus tôt ce qu'il y avait entre nous. Quand tu es partie, j'ai eu l'impression de tomber en lambeaux, mais je ne comprenais toujours pas. Jour après jour, je languissais loin de toi et je restais aveuglé. Je regrette de t'avoir fait souffrir toutes ces semaines, de t'avoir laissée croire que je ne t'aimais pas alors que tu es toute ma vie. Je n'ai pas su reconnaître l'amour parce que je ne l'avais jamais ressenti auparavant. Mais à présent je sais que ma vie sans toi est désespérément vide de sens.

» Je t'aime, *Kyria* Stathakis. Et je veux t'épouser de nouveau. Pour de bon. Pas par intérêt mais parce que je ne peux pas vivre sans toi. Je veux que tu reviennes habiter avec moi sur l'île. Pas parce que je veux racheter une société ni parce que tu as besoin d'argent, mais parce que je t'aime et que tu m'aimes.

Thanos effleura les lèvres d'Alice, comme la première fois qu'ils s'étaient embrassés. Ce baiser scella leur nouveau pacte. Un pacte d'amour.

— C'est Kosta, murmura Thanos en caressant le dos d'Alice, émerveillé de sentir de nouveau sa peau sous ses doigts, le cœur en paix pour la première fois depuis trois mois et demi.

— Kosta quoi ? demanda-t-elle avec un sourire rêveur.

— C'est lui qui m'a ouvert les yeux. Il m'a fait prendre conscience que j'étais en train de tout gâcher. Il m'a rappelé que j'avais une chance inouïe de pouvoir partager ma vie avec la personne que j'aime. La perte de sa femme l'affecte beaucoup. Quand il m'a vu dépérir alors que je n'aurais jamais dû te laisser partir, il a voulu me secouer.

— Je lui en suis infiniment reconnaissante.

— Moi aussi. Même si je pense que j'aurais fini par me réveiller un jour ou l'autre. Mais qui sait si tu aurais été encore là ?

— Bien sûr. Je serai toujours là pour toi, Thanos. Je n'ai pas l'intention de t'abandonner. Jamais. Quand je t'ai dit que je t'aimais, c'était pour toujours. Tu m'as tellement manqué…

Plus tard, au petit déjeuner, Thanos annonça :

— J'ai pensé à ta mère. Où que nous choisissions de vivre, il faut nous organiser pour qu'elle soit près de nous. Je me suis renseigné sur la possibilité de faire construire un pavillon médicalisé pour elle sur l'île. Avec des infirmières à demeure, bien sûr. Mais je voulais d'abord m'assurer que tu étais d'accord. Si tu préfères rester à New York, c'est possible aussi.

Alice sentit son cœur se gonfler d'une émotion indicible.

— Je pense qu'elle – comme moi – ne pourrait pas rêver mieux que de vivre sur ton île, Thanos.

Il eut un sourire radieux.

— Alors c'est d'accord.

Six mois plus tard, la construction du pavillon médicalisé était terminée et le personnel recruté. Ils quittèrent New York et Alice retrouva avec joie Stathera Prasino.

— L'entrepreneur a fait un travail fantastique.

— Oui, acquiesça Thanos. Le pavillon est proche de la villa tout en étant suffisamment isolé pour que l'intimité de tous soit préservée.

— S'occupe-t-il aussi de rénovation ?

C'était le moment de révéler le secret qu'elle gardait depuis une semaine, décida Alice avec un sourire rêveur.

— Pourquoi ? Tu envisages des transformations dans la villa ?

— Juste une pièce, que je voudrais aménager en chambre d'enfant.

Elle fit une pause avant d'ajouter :

— Pour l'arrivée du bébé.

— Quel bébé ?

Elle éclata d'un rire joyeux.

— Le nôtre, Thanos !

— Notre bébé ? Alice, tu veux dire… ?

— Oui, je suis enceinte !

Il la souleva de terre et la fit tourbillonner dans ses bras en riant.

— Merci, *Kyria* Stathakis, de me rendre aussi heureux !

Vous avez aimé *Un diamant pour son assistante* ?
Retrouvez en numérique l'histoire
de Leonidas Stathakis, frère de notre héros,
dans *Cette nuit avec un inconnu.*
Un roman signé Clare Connelly.

Retrouvez prochainement,
dans votre collection

AZUR

Les époux des Highlands,
de Melanie Milburne - N°4235

MARIAGE ARRANGÉ

Épouser Logan McLaughlin afin de sauver le domaine de Bellbrae ? L'idée est aussi séduisante que folle, pour Layla. Bien qu'elle ait grandi dans ce château des Highlands, elle ne connaît que l'aile des domestiques, tandis que Logan en est l'héritier. Alors qu'elle admirait de loin le bel aristocrate, lui se lançait à la conquête du monde… Tout les sépare et pourtant, aujourd'hui, Logan a besoin d'une épouse pour conserver les terres de ses ancêtres. Et, contre toute attente, c'est à elle qu'il a décidé de se lier…

La maîtresse d'un duc espagnol,
de Caitlin Crews - N°4236

Implacable. Irrésistible. Hors d'atteinte. Son Excellence Mateo de Luz, duc de Marinceli, est tout cela pour Amelia. Jusqu'au jour où elle décide de le séduire, incognito, à l'occasion d'un bal masqué. Grisée de le voir enfin partager le désir qui la consume depuis si longtemps, Amelia s'offre à lui, pour quelques heures de délices. Mais ce moment d'égarement n'est pas sans conséquence, hélas ! Quand elle se découvre enceinte, en effet, Amelia n'a d'autre choix que de retourner au domaine du grand d'Espagne, pour révéler à Teo qu'elle a été sa maîtresse d'une nuit… et qu'elle porte son enfant !

Le prince scandaleux, de Maisey Yates - N°4237

S'il y a un homme que Latika méprise par-dessus tout, c'est bien le prince Gunnar von Bjornland. Hédoniste à la vie dissolue, celui-ci est auréolé de scandale et embarrasse la couronne depuis trop longtemps. Pour cette raison, Latika a été chargée par la reine elle-même de le réformer… en lui trouvant une épouse digne de ce nom ! Mais, alors qu'elle cherche la femme qui saura tenir tête à cet homme impossible, Latika est soudain contrainte de proposer à Gunnar de devenir elle-même sa princesse…

Une semaine avec lui, d'Ally Blake - N°4238
Une semaine de tentation… Alors que Harper est de retour à Blue Moon Bay pour assister au mariage de sa sœur, la voilà obligée de vivre sous le même toit que Cormac Wharton, dont elle était éperdument amoureuse au lycée. Devenue une brillante femme d'affaires, toujours maîtresse de ses émotions, Harper se croyait immunisée contre la séduction d'un play-boy comme lui ! Hélas, dès qu'elle se trouve auprès de Cormac, son cœur s'affole – bien plus encore qu'autrefois…

Séduction royale, de Dani Collins - N°4239
Que fait un prince à Lonely Lake, petit village reculé de la vallée des Rockies canadiennes ? D'abord méfiante envers le prestigieux pensionnaire du spa familial, Sopi tombe vite sous le charme de Rhys Charlemaine. Et pour cause : sous son regard brûlant, elle n'est plus une simple domestique, mais une femme désirable et désirée. Alors, pour la première fois de sa vie, Sopi succombe au bonheur et au plaisir d'être aimée. Jusqu'au jour où Rhys lui révèle ses véritables intentions, faisant voler en éclats le conte de fées dans lequel elle s'était égarée…

La proposition de Cesare Durante, de Clare Connelly - N°4240
« Deux semaines. Dans mon lit. » La proposition de Cesare Durante est aussi choquante que tentante… Depuis qu'elle a goûté au plaisir dans les bras de cet Italien sombre et arrogant, Jemima ne pense qu'à le retrouver. Seulement, elle sait que la situation est dangereuse pour elle. Non seulement l'homme d'affaires peut sauver ou briser sa famille d'un simple claquement de doigts mais, surtout, il détient sur son cœur un pouvoir insensé ! Bouleversée par les émotions qui l'assaillent, Jemima hésite : peut-elle céder à Cesare… ou doit-elle lui résister ?

Le fruit d'une liaison new-yorkaise, de Susan Meier - N°4241
SÉRIE : *LES HÉRITIERS DE MANHATTAN* - 1/3
Avoir une liaison avec l'un des hommes les plus riches de New York n'était pas une bonne idée. Or, maintenant qu'Avery est séparée et enceinte de Jake McCallan, elle mesure l'ampleur de cette folie. Jamais elle n'acceptera que son enfant grandisse dans le milieu privilégié de Jake, perdu au milieu d'une armée de chauffeurs, de nounous et de domestiques. Résolue à le protéger de cet univers luxueux qu'elle exècre, elle cache sa grossesse à l'homme d'affaires. Mais, hélas, celui-ci ne tarde pas à découvrir la vérité – et à lui réclamer son héritier !

Les enfants d'un séducteur italien, de Lynne Graham - N°4242

SÉRIE : *TROIS SŒURS À SÉDUIRE* - 2/3

Pour éviter un scandale retentissant, Raffaele di Mancini est forcé d'épouser Vivien, une jeune femme qui ne partage avec lui rien d'autre qu'une passion inassouvie. Et c'est par une nuit de délices qu'il parvient à la convaincre du bien-fondé de leur union qui devra rester temporaire et de pure convenance. Seulement voilà, quand après leur folle étreinte Vivien découvre qu'elle attend des jumeaux de lui, Raffaele comprend que la situation lui a échappé. Comment désormais rendre à Vivien sa liberté, alors qu'elle donnera bientôt le jour à ses héritiers ?

Mariage en mer Égée, de Jane Porter - N°4243

SÉRIE : *PASSION AU PARADIS* - 3/6

C'est un jour de noces idéal : le ciel est bleu, le soleil illumine la petite chapelle grecque, sur fond de mer Égée. Seulement voilà, la mariée n'est pas censée se trouver ici ! Parce que sa sœur a rompu ses vœux au dernier moment, Kassiani a été sommée par son père de la remplacer à l'autel, pour honorer une union de convenance entre sa famille et celle de Damen Alexopoulos. Une situation d'autant plus difficile qu'elle est humiliante, pour Kass. Alors qu'elle ne peut s'empêcher de dévorer des yeux son sublime mari, celui-ci ne lui accorde pas un regard… Au point qu'elle décide bientôt de donner une chance à ce mariage forcé, en séduisant son époux !

La passion de Leonora, d'Abby Green - N°4244

Abandonnée par son fiancé en pleine réception mondaine, Leonora fuit l'humiliation en présence d'un autre homme, qui lui propose galamment son assistance. Gabriel Ortega Cruz y Torres, puisque c'est son nom, n'est pas tout à fait un inconnu pour elle. Aristocrate réputé pour son intransigeance en affaires et ses conquêtes féminines, il exerce sur Leonora un attrait interdit, depuis le jour où elle a posé les yeux sur lui. Alors, quand elle se retrouve chez Gabriel, secouée par un maelström d'émotions, elle n'a soudain plus qu'une envie : explorer le désir qui la pousse vers cet homme. Sans se douter qu'il lui cache sa véritable identité…

Captive au paradis, de Michelle Smart - N°4245

Prisonnière ? Emily n'en revient pas. Si elle s'est introduite dans le bureau de Pascha Virshilas, le puissant patron de son père, c'était pour trouver les preuves qui disculperaient ce dernier, injustement accusé de vol. Jamais elle n'aurait imaginé mettre la main sur des informations confidentielles et encore moins être surprise par le redoutable milliardaire en personne. Furieux, celui-ci s'est montré très clair : il est hors de question qu'elle divulgue ces informations avant que les transactions secrètes qu'il mène actuellement soient arrivées à leur terme. Et, pour s'assurer de son silence, il compte la garder prisonnière sur son île au large de Porto Rico…

Composé et édité par HarperCollins France.

Achevé d'imprimer en mai 2020.

CPI
BLACK PRINT

Barcelone

Dépôt légal : juin 2020.

FSC
www.fsc.org
MIXTE
Papier issu de sources responsables
FSC® C108412

Pour limiter l'empreinte environnementale de ses livres, HarperCollins France s'engage à n'utiliser que du papier fabriqué à partir de bois provenant de forêts gérées durablement et de manière responsable.

Imprimé en Espagne.